I0556926

قاتل من عالم آخر

إعداد وتحرير: رأفت علام

مكتبة المشرق الإلكترونية

صدر في ديسمبر ٢٠٢٠ عن مكتبة المشرق الإلكترونية – مصر

Table of Contents

الكابوس..

فجأة، وجد (حلمي) نفسه في هذا المكان..
قاعة واسعة كبيرة، بلا نوافذ أو جدران، ولها أرضية من مادة عجيبة، تنعكس عليها أضواء حمراء رهيبة مخيفة..
وارتجفت أطرافه كلها في خوف وقلق..
ما الذي أتى به إلى هنا؟!
وكيف؟..!
حاول عقله أن يبحث عن الجواب..
وحاول..
وحاول..
ولكن الأمور من حوله، راحت تزداد غموضًا ورهبة، حتى أنه اضطرب بشدة، وراح يلقي على نفسه عشرات الأسئلة، التي بدت - بالنسبة له - مرتبكة متوترة، تعكس حالة عدم التركيز، التي تملأ ذهنه وتحاصرة..
وفي محاولة منه لاستعادة صفاء ذهنه، حاول (حلمي) أن يسترجع كل المعلومات الخاصة به، وأن يرتبها ويستوعبها جيدًا..
اسمه (حلمي المهدي)، صحفي بالقسم العلمي بجريدة (الأهرام)، في الثلاثين من عمر، ويقيم وحده مع أمه، في منزلهما القديم في (مصر الجديدة)، و..
وفجأة، تردَّد صوت مخيف، داخل القاعة الواسعة، يقول:
- (حلمي المهدي).. أنت متهم بالخيانة العظمى.
انتفض جسده كله في عنف، وسرت فيه قشعريرة باردة، وهو يتلفت حوله في عصبية، محاولًا البحث عن مصدر الصوت، ويقول:
- الخيانة العظمى؟!.. يا لها من تهمة!.. وما الذي فعلته لأستحق اتهامًا كهذا؟!

أجابه الصوت الجهوري الصارم المخيف:
- لقد عاونت الأعداء، على بلوغ هدفهم.
قال في دهشة:
- الأعداء؟!.. أي أعداء؟.. ما الذي تعنيه بالضبط؟
صاح الصوت في غلظة:
- لقد انتهت المحاكمة، لا مجال للجدال.. انهض وواجه مصيرك أيها الصحفي.
اتسعت عينا (حلمي) في رعب، والجدران من حوله تتموَّج وتهتز بشكل مخيف، ثم راحت أجساد شبه بشرية تنفصل عنها، وكأنها فقاعات صابون، تنفصل عن سطح رغوي غزير، واتجهت هذه الأجساد إلية، لتحيط به على نحو جعله يتنفس في صعوبة، والصوت يتابع:
- لقد درست المحكمة حالتك، وراجعت كل الوثائق وشهادات الشهود، ثم قرَّرت الحكم بـ..
قاطعه فجأة رنين متصل، فتوقفت كل الأجساد شبه البشرية، وصرخ (حلمي):
- ما هذا بالضبط؟
سمع من بعيد صوتًا يهتف:
- (حلمي).. (حلمي)..
وارتفع ذلك الصوت المخيف، يقول:
- لقد صدر الحكم ضدك يا..
وهنا شعر (حلمي) بأحد الأجساد شبه البشرية خلفه، وبيد تمتد لتربَّت على كتفه، فصرخ:
- لا.. لا..
ومع صرخته، تلاشى كل ما حوله، وغمر الضوء وجهه، وارتفعت صيحة فزعة:
- ما ذا أصابك.. ماذا هناك؟

هبَّ (حلمي) جالسًا على فراشه، وحدَّق لحظة في وجه أمه المذعورة، ثم تنفس الصعداء، ومرَّر أصابعه في خصلات شعره المتناثرة، وحاول أن يبتسم في عصبية، وهو يقول:

- معذرة يا أمي.. يبدو أنه كابوس آخر.

تطلَّعت إليه أمه مشفقة، وقالت:

- لقد نصحتك أكثر من مرة، بالكف عن تناول الأطعمة الدسمة، في وجبة العشاء.

تثاءب في توتر، ومدّ يده يوقف رنين المنبه المجاور للفراش، وهو يقول:

- يبدو أنك على حق في هذا يا أماه.

قالت بنفس اللهجة، التي كانت تستخدمها معه في طفولته:

- بل أنا حتمًا على حق.. هذا أمر معروف للجميع.

ابتسم وهو يغادر فراشه، مغمغمًا:

- بالطبع.. بالطبع..

انتقت له طاقمًا من الثياب النظيفة، وهي تقول:

- لقد أعددت لك طعام الإفطار، حتى لا تتأخر عن عملك.

ضحك وقال :

- لا تقلقي نفسك بعملي إلى هذا الحد، إنني مجرَّد صحفي في القسم العلمي.

قالت في حزم:

- ونحن في عصر العلم، والصحفي العلمي هو أفضل صحفي، في الدول المتحضرة.

قال وهو يصفف شعره في عناية:

- تسعدني ثقتك بي يا أمي، ولكن الواقع هنا يختلف، فالصحفي السياسي وحده هو الذي يشار إليه بالبنان في عالم الصحافة، أما الصحفي العلمي أو الأدبي، فهو

مجرد وسيلة لملئ باقي صفحات الجريدة، التي لا يصح أن تمتلئ عن آخرها بالأخبار السياسية.

قالت في إصرار:

- هناك صحافة علمية متخصصة الآن، وربما تجد مستقبلك فيها.

انحنى يطبع قبلة على وجنتها، وهو يقول:

- إنني أجد مستقبلي في حبك وحنانك يا أعظم أمهات الدنيا.

أزال ذلك الحوار التقليدي البسيط كل التوتر، الذي تركه الكابوس في نفسه، فتناول طعامه مبتهجًا، وتبادل بعض الدعابات مع أمه، ثم ارتدى ثيابه، واستقل السيارة (السيات) الصغيرة، التي ورثها عن والده الراحل، وانطلق بها إلى مبنى الجريدة، ولم يكد يدخل مكتبه، الذي يشاركه فيه أربعة من الزملاء، حتى هتف في مرح:

- صباح الخير يا رفاق الكفاح.. هل بدأ رئيس التحرير في تكديركم، أم أنه لم يصل بعد؟

تبادلوا معه تحية مقتضبة، ثم قالت زميلته (زينب):

- هذا الأستاذ ينتظرك منذ نصف الساعة.

انتبه (حلمي)، في هذه اللحظة فقط، إلى ذلك الرجل الشاحب الوجه، الأشيب الفودين، الأشعث الشعر، الذي يرتدي منظارًا طبيًا عجيب الشكل، تنعكس أضواء الحجرة فوقه ببريق عجيب، مختلف الألوان، وتبدو الحلة التي يرتديها وكأنه لم يخلعها منذ يومين على الأقل، في حين تشف لحيته نصف النامية على أنه لا يولي مظهره أدنى قدر من العناية والاهتمام.

وعندما أشارت (زينب) إلى الرجل، الذي يجلس صامتًا على مقعد خشبي صغير، مجاور لمكتب (حلمي)، اعتدل

بحركة حادة، وخلع منظاره الطبي، ووضعه على سطح مكتب (حلمي)، وهو يتطلَّع إلى هذا الأخير بلهفة شديدة، ثم لم يلبث أن هبّ إليه هاتفًا:

- أستاذ (حلمي).. حمدًا لله.. من حسن حظي أنك وصلت في الوقت المناسب.

تطلَّع إليه الجميع في دهشة، وخاصة (حلمي)، الذي صافحه قائلًا في ارتباك:

- أنا في خدمتك يا سيِّدي.. ما الذي تطلبه مني بالضبط؟

قال الرجل في توتر شديد:

- أريد أن أتحدَّث إليك.

ثم ألقي نظرة على زملاء مكتب (حلمي)، قبل أن يستطرد:

- وحدنا.

ارتبك (حلمي)، وتبادل زملاؤه نظرة صامتة، قبل أن تنهض (زينب)، قائلة:

- فليكن.. هيا يا رفاق.. سأدعوكم لتناول بعض المشروبات..

غادروا المكان على الفور، ومالت (زينب) على أذن (حلمي)، وهمست قبل أن تتصرف:

- خذ حذرك.. مظهر هذا الرجل لا يوحي أبدًا بالثقة.

وافقها (حلمي) بإيماءة من رأسه، دون أن ينبس ببنت شفة، وتركها تغادر الحجرة، ثم جلس خلف مكتبه، وقال في ارتباك حائر:

- أنا رهن إشارتك يا سيدي.. ماذا لديك؟

ثم مال نحوه، وأضاف في عصبية شديدة

- إنني أحاول منع حدوث كارثة.

داعب الرجل منظاره، الموضوع على سطح مكتب (حلمي)، في عصبية واضحة، وهو يجيب بصوت شديد التوتر:

ـ أنا أتابع كل ما تكتبه، منذ زمن طويل، وأعتقد أنك الصحفي العلمي الجاد الوحيد، في الوقت الحالي.

تطلَّع إليه (حلمي) لحظة في حيرة، ثم قال في ارتباك:

ـ أشكرك.. ولكنني لا أعتقد أن هذا كل ما أتيت من أجله.

قال الرجل بسرعة:

ـ بالطبع.. لقد أتيت لما هو أكثر خطورة.

از درد (حلمي) لعابه، وقال:

ـ أتقصد الكوارث الطبيعية؟.. زلزال آخر مثلًا؟!

لوَّح الرجل بكفه في حدة، وهو يقول:

ـ بل أخطر.. أخطر بكثير.

ثم عقد حاجبيه، مضيفًا:

ـ ربما لا يوحي لك مظهري بالثقة، وقد تظنني معتوهًا أو مجنونًا، ولكنني لسـت كذلك.. أنا (جمعة صـابر).. أستاذ الفيزياء بجامعة (القاهرة).

حدَّق (حلمي) في وجهه بذهول، قبل أن يهتف:

ـ نعم.. هذا حقيقي.. أنا أعرفك.

الآن فقط، عرف لماذا بدا له الرجل مألوفًا، عندما وقع بصره عليه للوهلة الأولى..

إنه يعرفه جيدًا..

أو بمعنى أدق: يتابع أخباره بمنتهى الاهتمام ..

وفي حماس، هتف (حلمي):

ـ إنك أشهر من نار على علم يا دكتور (جمعة).. ما من رجل علمي، أو حتى مهتم بالعلوم، يمكن أن يجهلك، أو

يجهل أبحاثك العظيمة في (الفيزياء)، التي رشحتك يومًا لنيل جائزة (نوبل).

ثم تراجع متابعًا في حيرة:

- ولكن ما الذي فعل بك هذا؟ لقد شاهدتك آخر مرة في مناقشة رسالة الدكتوراه، التي تقدم بها أحد تلامذتك، وكنت أنيقًا كعادتك، و...

قاطعة الدكتور (جمعة) في توتر:

- لا وقت لهذا.. سأشرح لك كل شيء فيما بعد، لو لم يظفروا بي قبلها..

قال (حلمي) في دهشة

- يظفروا بك؟!.. ماذا تعني يا دكتور (جمعة)؟.. من هؤلاء بالضبط؟

ازدرد الرجل لعابه في توتر، وقال:

- اسمعني جيدًا.. مادمت تتابع أخباري، فلا شك أنك تعلم شيئًا عن أبحاثي الأخيرة.

قال (حلمي) في حماس:

- بالتأكيد.. استخدام الترددات الصوتية متناهية القصر، لإجراء الاتصالات الفضائية الفائقة البعد، والتحكم في مسار الأقمار الصناعية.

قال الدكتور (جمعة) في انفعال:

- بالضبط.. هذا ما كنت أسعى إليه، ولم أتصوَّر لحظتها أن نتائج أبحاثي ستنحرف بالغرض منها إلى هذا الحد، الذي أضطر فيه للاختباء طيلة يومين كاملين، خشية أن يقتلني هؤلاء.

سأله (حلمي) في توتر:

- من هؤلاء يا دكتور (جمعة)؟.. أخبرني.

بدا الرجل مضطربًا مرتبكًا في شدة، وهو يقول كأنه لم يسمع سؤال (حلمي):

- لم أكن أقصد هذا.. صدقني. أنا رجل مسالم بطبعي، أكره العنف والقتل والتدمير، وأكاد أصاب بالجنون، كلما تصوَّرت أنني المسؤول عما حدث..

سأله (حلمي)، وانفعاله يتصاعد بسرعة:

- وما الذي حدث بالضبط؟

لوَّح الدكتور (جمعة) بكفه لحظة، وكأنه عاجز عن الكلام، قبل أن يقول بصوت متحشرج مختنق:

- تلك الفجوة.

تراجع (حلمي)، وهو يسأله في حيرة:

- أية فجوة؟

فتح الدكتور (جمعة) فمه، وبدا وكأنه سيلقي الجواب، عندما انتفض جسده بغتة، وتحرَّكت يده بحركة عصبية عنيفة، فارتطمت بمنظاره، الذي سقط بين قدمى (حلمي)..

واتسعت عينا الدكتور (جمعة) في رعب هائل، وهو يحدِّق في نقطة ما من جدار الحجرة، على نحو جعل (حلمي) يلتفت إليها في سرعة، و....

وتجمَّدت أطرافه كلها دفعة واحدة.

لقد كان يشاهد بعينيه كابوسًا..

كابوسًا حقيقيًا.

☆ ☆ ☆

الظل..

ارتشفت (زينب) رشفة من قدح الشاي الساخن، الذي تمسكه بكفيها، وهي تقول في حماس:
- أراهن أن هذا الرجل يحمل قصة مدهشة.

أجابها أحد زملائها ساخرًا:
- بالتأكيد.. قصة هروبه من مستشفى الأمراض العقلية.

عقدت حاجبيها، وهي تقول في حدة:
- لو أنه كذلك، لما اختار (حلمي) بالذات لمقابلته، في (حلمي) ليس صحفيًا عاديًا.

ابتسم الزملاء في خبث، وغمغم أحدهم بابتسامة ماكرة:
- حقًا؟!

هتفت في صرامة:
- نعم. وليس للسبب الذي يدور في عقولكم المريضة.. إنه ليس صحفيًا عاديًا؛ لأنه صحفي متخصص، يكتب في باب العلوم فحسب، ولن يقرأ مقالاته سوى أصحاب الرأي والفكر، و الـ..

قبل أن تتم عبارتها، انفجرت بغتة تلك الصرخة.. صرخة مدوية رهيبة، امتزج الرعب فيها بالفزع والهلع والألم، وهي تهوي مع صاحبها من حالق، في تناغم متناقض سريع..

ثم بدأ صوت الارتطام واضحًا..

وبقفزة واحدة، بلغت (زينب) النافذة المجاورة، وأطلّت منها إلى ساحة المبنى، ثم شهقت في شدة..

كان ذلك الرجل، الذي التقى بـ (حلمي) مسجى أرضًا، في منتصف الساحة، وحوله بركة من الدماء، وعدد من رجال الأمن والمارة يهرعون نحوه في ذعر..

وتراجعت (زينب)، هاتفة:

- يا إلهي!!.. (حلمي).

وانطلقت تعدو بأقصى سرعة، عائدة إلى المكتب، وخلفها عدد من زملائها، واقتحم الجميع المكتب في لهفة، ثم وقفوا يحدقون في المشهد أمامهم..

كانت نافذة الحجرة مكسورة، وبعض قطع من زجاجها ملقى أرضًا، في حين جلس (حلمي) خلف مكتبه، شاحب الوجه، جاحظ العينين، ترتجف أطرافه في شدة، وهو يقبض على حافة مكتبه في استماتة وكأنه يخشى أن ينتزعه أحد منه:

وفي لهفة، اندفعت نحوه، هاتفية:

- (حلمي).. (حلمي).. ماذا حدث؟

حدَّق في وجهها لحظات ذاهلًا، ثم أشار إلى الجدار المقابل، وقال بحروف مرتجفة، وصوت متحشرج مختنق:

- ذلك الظل.

كانت تتوقع أن يشير إلى النافذة المكسورة، وليس إلى الجدار، فقالت في حيرة:

- أي ظل؟

ارتجفت شفتاه لحظة، وبدا وكأنه عاجز عن النطق، يمرّ بحالة من الرعب الهائل، قبل أن يدير عينيه فجأة إلى النافذة المحطمة، ويهتف:

- أين الدكتور (جمعة)؟

قالت متوترة:

- أتقصد ذلك الرجل الـ....

قاطعها في حدة مباغتة:

- أين هو؟

تراجعت قائلة في سرعة.

- لقد سقط.. انتحر.
اتسعت عيناه في هلع شديد، وهتف:
- قتله ذلك ال...
وبتر عبارته بغتة، ثم تلفت حوله في ارتياع شديد، جعل أحد زملائه يقول:
- رويدك يا (حلمي).. لقد انتهى الأمر.. اهدأ.
ولكنه ظلّ يتلّفت حوله هلعًا، وكأنه يتوقع رؤية شبح في الحجرة، فمالت (زينب) نحوه، وقالت في قلق متعاطف:
- ماذا أصابك يا (حلمي)؟
حدَّق في وجهها مرة أخرى في ارتياع، فخفق قلبها في عنف، قلقًا وخوفًا عليه، في حين قال أحد زملائه في إشفاق:
- أظنك تحتاج إلى العودة إلى منزلك يا (حلمي)؛ فمن الواضح أن الحادث أصاب أعصابك في الصميم.
شقَّ طبيب المبنى طريقة بين الصفوف، وقال في حزم:
- لست أظنهم يسمحون له بهذا.. إنه شاهد الحادث الوحيد، وسيحتاج رجال الأمن إلى استجوابه حتمًا.
ثم صفق بكفيه، مستطردًا في حزم:
- هيا أيها السادة.. اخلوا الحجرة.. هذا الشاب يحتاج إلى الهواء النقي.
تراجع الجميع في تثاقل، في حين أخرج الطبيب من حقيبته محقنًا، جذب إليه سائلًا رائقًا من قنينة صغيرة، وهو يستطرد:
- وإلى شيء من الهدوء.
وكشف ذراع (حلمي)، الذي سأله في ذعر:
- ما هذا بالضبط؟
أجابه بابتسامة مشجِّعة:

- اطمئن.. إنه عقار مهدئ فحسب.
وغرز إبرة المحقن في عروقه، ودفع فيها السائل الرائق، فسألته (زينب)، التي لم تغادر الحجرة مع زملائها:
- هل سينام؟
أجابها الطبيب في هدوء :
- هذا يتوقف على درجة تكيفه مع العقاقير المهدَّئة.
وسحب المحقن، وهو يقول:
- هيا يا بطل.. ارقد قليلًا، وسينتهي كل شي بسلام.
وغادر الحجرة بدوره، وترك (حلمي) مع (زينب)، التي سألته في لهفة تفوح برائحة القلق:
- ماذا حدث بالضبط؟
تطلَّع إليها (حلمي) لحظة، ثم هز رأسه في عنف، وأخفى وجهة بين كفيه، قائلًا:
- لن يصدقني أحد.
هتفت بسرعة:
- أنا سأصدَّقك.
رفع عينين محمرتين إليها، وهو يقول:
- حقًا؟.!
ثم عاد يهزّ رأسه، مستطردًا
- لا.. لا.. مستحيل!.. لا أحد يمكنه أن يصدَّق هذا.
سألته في لهفة أكثر، وقلق أكبر:
- لماذا يا (حلمي)؟.. ما الذي حدث بالضبط؟
حدَّق في وجهها لحظة، ثم قال:
- الكابوس.. نفس الكابوس الذي هاجمني صباح اليوم.. لقد رأيته يتحوَّل إلى حقيقة واقعة.. كان الدكتور (جمعة) يتحدَّث إلي، عندما رأيت ظلًا ينفصل عن الحائط، ويتجه إليه.. ظلًا شبه بشري، شديد الشفافية والليونة، بدا وكأنه

نبت من الجدار بلا مقدمات.. وكان من الواضح أن الدكتور (جمعة) يعرف هذا الظل.. أو يدرك معنى تواجده هنا؛ فقد قفز من مقعده، وحاول الفرار منه، وهو يطلق صرخات رعب هائلة، إلا أن ذلك الظلّ حاصره، ودفعه نحو النافذة، ثم.. ثم..

سألته والدهشة تملأ كيانها كله، وتفيض في عروقها وصوتها:

- ثم ماذا؟

ارتجف صوته بشدة، وهو يجيب:

- ثم راح ذلك الظل يتجسد، حتى بدا أشبه بجسم بشري متشح بالسواد من قمة رأسه، وحتى أخمص قدميه، ويحمل على ظهره جسمًا معدنيًا، يشبه اسطوانات الأكسجين، التي يحملها الغوّاصون، و...

ازدرد لعابه في صعوبة، قبل أن يستطرد:

- وانقضَّ ذلك الجسم على الدكتور (جمعة)، ودفعه بكل قوته، فارتطم بالنافذة الزجاجية، وحطّمها، و... و...

لم يكن باستطاعته إكمال عبارته، مع شدة ارتجافته، فقالت (زينب) في اضطراب:

- اهدأ يا (حلمي).. اهدأ..

قال في توتر شديد :

- أنت لا تصدقين هذا.. أليس كذلك؟

تردَّدت لحظة، قبل أن تقول:

- أنت مقتنع أنك رأيت ذلك الـ... الظل.. أليس كذلك؟

لوَّح بكفيه، هاتفًا:

- بالطبع.. لقد رأيته وهو يخترق الحائط، ويتجسَّد، ثم يعود للاختفاء، ويعبر الحائط، و...

قاطعته في إشفاق:

- إنها أوَّل مرة ترى فيها رجلًا ينتحر.. أليس كذلك؟
حدَّق في وجهها لحظة، وقال:
- ماذا تعنين؟
هزَّت كتفيها، قائلة:
- أعني أن هذا يسبَب صدمة قوية، مما يدفع العقل إلى محاولة العثور على بديل، أو...
صاح في وجهها بحدة:
- أي هراء هذا؟.. هل تعتقدين أنني تخيَّلت كل هذا؟
قالت بسرعة:
- أنا واثقة من أنك تؤمن بكل حرف نطقت به، ولكن الوقائع كلها تشير إلى أن الرجل قد انتحر، و...
قاطعها صوت صارم هذه المرة، يقول:
- أخطأت يا آنسة.. هذا الرجل لم ينتحر.
التفتت في دهشة إلى مصدر الصوت، مع (حلمي)، ووقع بصرهما على رجل عريض الفك والمنكبين، يرتدي حلة عادية، ورباط عنق زاهي الألوان، ويتابع في حزم:
- ومن خلال خبرة تقدَّر بعشر سنوات، في مجال البحث الجنائي، أكاد أجزم بأننا أمام حالة قتل لا انتحار، ولن يستغرق حل غموضها وقتًا طويلًا، لأنه ليس أمامنا سوى متهم واحد.
وأشار بسبَّابته إلى (حلمي)، مستطردًا في صرامة:
- أنت يا أستاذ (حلمي).
وهوى قلب (زينب) بين قدميها.

☆☆☆

الاتهام..

لوهلة، لم يفهم (حلمي) الموقف بالضبط..
وفجأة، انفجر كل الغضب الكامن في أعماقه..
وفي ثورة مباغتة، صاح في وجه ذلك القادم:
- من أنت بالضبط؟.. وما هذا القول السخيف؟
لم تبد ذرة واحدة من الغضب، في وجه ذلك القادم، وهو يجيب في برود:
- أنا العقيد (علي عبد المنعم).. من المباحث الجنائية، قسم جرائم القتل، وهذا القول لا ينطوي على لمحة واحدة من السخافة، بل هو استنباط منطقي بحت.
ثم أشار إلى النافذة، مستطردًا:
- فالمنتحر لن يقفز عبر نافذة مغلقة، فيحطمها في عنف، لمجرَّد أن يلقي نفسه خارجها.. لماذا لا يفتحها بكل بساطة، ثم يقفز عبرها؟
قالت (زينب) في اندفاع:
- ربما خشي أن يمنعه أحد من الانتحار.
حاول (حلمي) أن يعترض، إلا أنها لكزته في ذراعه، فلاذ بالصمت، وأشاح بوجهه، في حين ابتسم العقيد (علي) في سخرية، وقال:
- فكرة ذكية يا آنسة، ولكنها لن تنقذ صديقك، فما زال في جعبتي الكثير.
عقدت ساعديها أمام صدرها، وقالت في عناد:
- مثل ماذا؟
لوَّح بكفه، قائلًا:
- السقوط نفسه.. عندي عشرة شهود على الأقل، يؤكدون أن الرجل سقط بظهره، ووضع الجثة يؤكد هذا، فكيف يفعلها وحده؟.. المنطقي أن أحدهم دفعه في قوة، وأسقطه.

ثم التفت إلى (حلمي)، واستطرد في صرامة:
- ولم يكن معه في الحجرة سواك يا أستاذ (حلمي).
قال (حلمي) في حدة :
- بل كان هناك آخر.
رفع (علي) حاجبه، وقال:
- من؟!.. الجميع أكدوا أن أحدًا لم يدخل هذه الحجرة، منذ غادرها زملاؤك.
قال (حلمي) في عصبية:
- هذا لأنه لم يدخل عبر الباب، وإنما..
لكزته (زينب) مرة أخرى في عنف، لتمنعه من الاستطراد، ولم يغب هذا عن عيني العقيد (علي)، الذي ابتسم في مكر، قائلا:
- من أين أتى إذن؟.. هل دخل عبر الحائط؟!
صاح (حلمي):
- نعم.. عبر الحائط.
لكزته (زينب) مرة ثالثة، في نفس اللحظة التي عقد فيها (علي) حاجبيه، وقال في حدة:
- آه.. هل ستلجأ إلى ادعاء الجنون؟
قالت (زينب) في ضيق:
- هذا ما كنت أخشاه.
أما (حلمي)، فأجاب في عصبية شديدة:
- لا.. لن أدّعى الجنون، وكل ما أقوله حقيقي، وحدث بالفعل.. لقد اخترق شيء ما الجدار، وهاجم الدكتور (جمعة)، و...
قاطعته تلك النظرة العجيبة، التي في عيني العقيد (علي)، والتي تحمل مزيجًا من الدهشة والاستنكار والغضب، مع تلك الكلمة التي هتف بها وكأنه يبصقها:

- شيء؟!

ارتبك (حلمي)، واحتبست الكلمات في حلقه، وهتفت (زينب):

- إنه لم يقصد هذا.

ولكن (علي) عقد حاجبيه في غضب صارم، وهو يقول:

- يقصد أو لا يقصد.. إنني ألقي القبض عليه.

وازداد صوته غضبًا وصرامة، وهو يضيف:

- رسميًا..

☆☆☆

تثاءب (حلمي) بملئ فيه، وهو يجلس داخل حجرة الاستجواب الصغيرة، في قسم الشرطة، أمام العقيد (علي)، الذي فرد قدميه على مقعد أمامه، وأشعل سيجارته العاشرة، وهو يقول:

- اسمع يا هذا.. لن يصدّق مخلوق واحد قصتك السخيفة هذه.. كلنا نعلم أن قصص الأشباح والعفاريت ما هي إلا أوهام وخرافات، يردّدها المسنون من أهل الريف، والمتخلفات من سكان المدن، ولكن القضاة والمحامين ورجال الشرطة، لا يملكون إزاءها سوى السخرية.

تثاءب (حلمي) مرة أخرى، وهو يقول:

- فليكن.. ولكنها القصة الحقيقية الوحيدة.

ضرب (علي) سطح المنضدة الصغيرة، التي تفصله عن (حلمي)، بقبضته في عنف، وهو يقول في غضب:

- كف عن هذا التثاؤب، وعن التظاهر بالعته والجنون.

قال (حلمي) في تهالك:

- قلت لك ألف مرة: لست أتظاهر بأي شيء، ثم إنني لا أستطيع الكف عن التثاؤب، لأن طبيب المؤسسة حقنني بعقار مهدىء.
هبَّ (علي) واقفًا، وهو يقول:
- حسن أيها الصحفي الذكي.. تثاءب كما يحلو لك، ولكنك لن تنعم بنوم هادئ إلا في زنزانتك، بعد أن يدينك القضاء.
واندفع يغادر الحجرة في غضب، وصفق الباب خلفه في عنف، فمط (حلمي) شفتيه، وتمتم:
- لقد كانت (زينب) على حق.. من العسير أن يصدِّقني أحد.
وتثاءب قبل أن يستطرد :
- حتى أنا أكاد لا أصدِّق نفسي.
تثاقل جفناه، وبدأت الصور تهتز أمامه، وهو يقاوم بشدة رغبته في النوم..
وفجأة، اتسعت عيناه عن آخرهما..
لقد لمح ذلك الشيء في ركن حجرة الاستجواب..
ذلك الظلّ..
في البداية، خُيِّل إليه أنه جزء من الصورة المهتزة، ثم لم يلبث أن انتبه إلى ذلك الكيان الشفاف، الذي انفصل عن الجدار، واتجه نحوه..
وقفز (حلمي) من مقعده، وتراجع صارخًا:
- لا.. لا.. ابتعد.
ولكن ذلك الظل اقترب منه، واخترق المنضدة في يسر مذهل، وكأنها غير موجودة، ثم حاصره في ركن الحجرة..
وفي رعب، التصق (حلمي) بالجدار، وراح يصرخ:

- ماذا تريد مني؟.. ابتعد.. ابتعد.
وفي بطء، راح ذلك الظل يتجسَّد، ويتخذ المظهر البشري، وقد اتشح كله بالسواد، واختفى موضع العينين منه خلف منظار داكن، و...
وكان يصوب إلى (حلمي) مسدسًا..
مجرَّد مسدس عادى، حدَّق فيه (حلمي) في ذهول، وهو يقول:
- هل.. هل ستقتلني؟
ثم قفز جانبًا بحركة غريزية، في نفس اللحظة التي انطلقت فيها الرصاصة، وسمعها ترتطم بالجدار خلفه، فانقضَّ على مهاجمة، وهو يصرخ:
- لماذا تريد قتلي؟
وبحركة عنيفة، لطم ذلك الشخص على وجهه، وأدهشة أن ارتدّ خصمه بحركة طبيعية، وكأنه مجرَّد بشري عادى ولكن هذا شجَّعه على أن يلكمة مرة أخرى..
وفي هذه المرة، أصابت اللكمة المنظار الداكن..
وأطاحت به..
وتجمَّد (حلمي) في مكانه..
لقد رأى خلف المنظار زوجًا من الأعين البشرية، تحدقان فيه بمقت وغضب..
ثم انحنى ذلك الشخص، ليلتقط المنظار الداكن..
ولم يحاول (حلمي) منعه..
لم يدر لماذا وقف ساكنًا جامدًا هكذا، وهو يحدِّق في الشخص الغامض، الذي التقط المنظار، ووضعه على عينيه، وعاد يصوِّب إليه المسدس، و...
وهنا فتح العقيد (علي) باب الحجرة، وهتف في دهشة.
- ما هذا بالضبط؟

استدار إليه ذلك الشخص في حركة حادة، ثم ضغط شيئًا ما في حزامه، وراح جسـده يتلاشـى، ويتحوَّل إلى ظلّ شفاف..

واتسعت عينا (علي) في ذهول، وهو يتابع ذلك الظل شبه البشري، الذي اتجه في هدوء إلى الجدار، ثم غاص فيه، واختفى تمامًا.

ولثوان، ران على الحجرة الصـغيرة صـمت رهيب، ثم صرخ (علي)، وهو يندفع خارجها:

- ما الذي يحدث هنا؟

كان يتوقع رؤية ذلك الظلّ في الخارج، ولكنه رأى الممر خاليًا، إلا من جنود الحراسـة، فأمسـك أحدهم في عنف، وصرخ في وجهه:

- أين ذلك الشيء؟!

حدَّق الجندي في وجهه لحظة، قبل أن يقول في حيرة وارتباك:

- أي شيء؟!

كاد (علي) يخبره في البداية، ثم لم يلبث أن أدرك عدم جدوى هذا، فقال في حدة:

- لا عليك.. لا تقلق نفسك بهذا.

ثم عاد إلى حجرة الاسـتجواب، وأغلقها خلفه، ووقف يتطلع إلى (حلمي) لحظة في حيرة، قبل أن يتمتم:

- لقد سمعت الرصاصة.. وهذا ما أتى بي إلى هنا.

غمغم (حلمي) :

- كم يسعدني أنك فعلت.

أشار (علي) إلى الجدار، وبدا متوترًا مرتبكًا، وهو يقول:

- أهو.. أهو نفس الشيء.

أومأ (حلمي) برأســـه إيجابًا، دون أن ينبس ببنت شـــفة، فزفر (علي) في حرارة، وجذب مقعده، وألقى بنفســـه فوقه، وقال:

- لســت أصــدّق هذا.. لو أقســمت لي ألف مرة أن هذا قد حدث، لما صــدَّقتك أبدًا، لولا أن رأيت ذلك الشـــيء بأم عيني.

سأله (حلمي) في لهفة :

- وما الذي رأيته بالضبط؟

هزَّ (علي) كتفيه، وقال:

- غوَّاص.. أو رجل يشبه الغواصين.. أو.. أي شيء يشبه رجلًا يرتدي زي الغوَّاصين.

وابتسم في ارتباك، مستطردًا :

- هذا أفضل ما يمكنني أن أصفه به.

جلس (حلمي) بدوره، وقال:

- المهم من هو أو ما هو بالضبط؟

رفع (علي) سبَّابته، وهو يقول :

- ولماذا قتل الدكتور (جمعة صابر)؟

قال (حلمي) في سرعة :

- أنا أعرف جواب هذا الجزء الأخير.

اعتدل (علي) في اهتمام، قائلًا:

- حقًّا؟!

أجابه (حلمي):

- أعتقد هذا.. لقد قتل هذا الشيء الدكتور (جمعة)، ليمنعه من كشف سر وجوده.

أشعل (علي) سيجارته، وهو يسأله :

- أليس لديك تفسير أفضل؟

قال (حلمي)، في لهجة تحمل شيئًا من الحماس:

- بلى.. لقد كان الدكتور (جمعة) يجري تجاربه، حول الترّددات الصوتية المتناهية القصر، الخاصة بالاتصالات الفضائية، عندما تسبَّب ذلك في إحضار ذلك الشيء.

بدت الحيرة على وجه (علي)، وهو يقول:

- وكيف أحضره؟

لوَّح (حلمي) بكفيه وهو يقول:

- ربما عبر فجوة فضائية، أو بأسلوب الانتقال الآتي، أو...

أوقفه (علي) بإشارة من يده، وقال:

- مهلًا.. مهلًا.. لست أفهم شيئًا من كل هذا، فدراستي كانت في مجملها أدبية بحتة، ويصعب عليَّ فهم هذه المصطلحات العلمية، ولكنني أثق بأنك تفهم الكثير، ولكن..

واعتدل في مقعده، مستطردًا :

- ولكنك تحتاج إلى معاونة قوية، لكشف حقيقة الأمر.

وأشار إلى صدره مضيفًا في حزم:

- وأنا سأمنحك المعاونة اللازمة.

مدَّ (حلمي) يده يصافحه، وهو يقول في سعادة :

- سيادة العقيد.. إنني أعتذر عن كل ما...

ولكن ملامح (علي) انقلبت فجأة، وارتسم عليها غضب شديد، وهو ينتزع مسدسه، ويصوِّبه إلى (حلمي)، صائحًا:

- أيها الوغد.

وقبل أن يفهم (حلمي) ما يحدث، أو يلقي سؤالًا واحدًا، ضغط (علي) الزناد، و...

وأطلق النار.

☆☆☆

في كل مكان..

انتفض جسد (حلمي) في عنف، عندما أطلق العقيد (علي) مسدسه نحوه، ثم اتسعت عيناه في دهشة، عندما مرت الرصاصة بجواره، وارتطمت بجدار الحجرة، ورأى (علي) ينقضّ عليه في شراسة، فتراجع هاتفًا:

- ما... ماذا فعلت؟

ولكن (علي) أزاحه جانبًا في عنف، وهو يواصل انقضاضته على الجدار، هاتفًا:

- كنت تتجسَّس علينا.. أليس كذلك؟

استدار (حلمي) في سرعة، وعادت عيناه تتسعان في شدة، حتى كادتا تجحظان هذه المرة..

لقد كان (علي) يتصارع مع ذلك الظلّ..

كان يلكمة في عنف وقوة، دون أن يبدي الظلّ الشفاف حراكًا، وقبضة (علي) تعبره وتتجاوزه، كما لو كان يلكم الهواء..

وفي غضب، صرخ العقيد (علي):

- ما أنت بالضبط؟.. أي عبث شيطاني أنجبك؟

قالها ووقف يلهث، وهو يضمّ قبضته، ويواجه ذلك الظلّ شبه البشري، الذي بقي صامتًا ساكنًا، وكأنما الأمر لا يعنيه..

ثم أقدم على خطوة عجيبة..

عجيبة ومخيفة في آن واحد..

لقد تحرك نحو (علي)، و..

واخترقه..

وأمام عيني (حلمي) الذاهلتين المذعورتين، غاص ذلك الظلّ في جسد (علي)، الذي اتسعت عيناه في ارتياع،

وارتجف بشـــدة، قبل أن يعبره الظلّ، ويواصـــل طريقه نحو الحائط، ثم يختفي فيه، كما لو أنه قد امتزج به..
وفي اللحظة نفسـها، اقتحم ضـابط شـرطة الحجرة، وهو يشهر مسدسه، هاتفًا:
- ماذا يحدث هنا؟
ثم انقضّ على (حلمي)، ودفعـه أمـامـه في عنف، حتى ألصـقه بالجدار، وألصـق فوهة مسـدسـه بصـدغه، وهو يستطرد في قسوة:
- ماذا فعلت؟
هتف (حلمي):
- لم أفعل شيئًا.
قال الضابط في حدة:
- لا تسخر مني.. لقد سمعت صوت طلقين ناريين .
ارتجف جسد العقيد (علي)، في هذه اللحظة، وهتف:
- اتركه يا (حسين).. أنا أطلقت الرصاصتين.
استدار إليه الضابط في دهشة، وقال:
- أنت يا سيِّدي؟!
لوَّح (علي) بكفه، وقال:
- نعم.. نعم.. إنه خطأ غير مقصود.. اتركنا وحدنا.
تطلَّع إليه الضابط لحظة في حيرة، ثم ألقى نظرة متشككة على (حلمي)، وقال:
- كما تأمر يا سيدي.
وغادر الحجرة، وأغلق بابها خلفه، فقال (علي) في توتر:
- أمر لا يصدّقه عقل.
انتزع (حلمي) نفسه من توتره، وقال:
- هذا الشيء كان يستمع إلينا.
تلفَّت (علي) حوله، وهو يقول في عصبية:

- ربما يواصل فعل هذا.
ثم عقد حاجبيه في صرامة، مستطردًا:
- اسمع يا (حلمي).. إنني لم أعد أتهمك بمحاولة قتل الدكتور (جمعة) بالطبع، ولكن أعتقد أننا نحتاج إلى تحرّك سريع، للإيقاع بالقاتل الحقيقي.
ارتجف (حلمي)، وهو يقول :
- أتقصد ذلك الشيء؟!
أومأ برأسه إيجابًا، وقال في حزم :
- نعم.. أقصد ذلك الخطر..، أو..
وصمت لحظة، ثم أضاف في صرامة :
- أو تلك الكارثة.

☆☆☆

بكت أم (حلمي) في حرارة، وهي تندب ابنها، الذي ألقت الشرطة القبض عليه، وربتت (زينب) على كتفها مشفقة، وهي تقول:
- اطمئني يا سيدتي.. لن يصاب (حلمي) بسوء بإذن الله.. لقد استشرت محامي الجريدة، وأكد لي أنه لا يوجد دليل واحد على أن (حلمي) فعل هذا، وهو لم يفعله حقًا.
قالت الأم في مرارة:
- محامي الجريدة لا يكفي.. سأوكل أفضل محام في المدينة كلها.
ربتت (زينب) على كتفها مرة أخرى، وقالت:
- بالتأكيد.. سنفعل بالتأكيد.
لم تكد تتم عبارتها، حتى ارتفع رنين الهاتف، فالتقطت سمّاعته بحركة آلية، وسمعت (حلمي) يقول:

- أماه.. أنا (حلمي).. اطمئني.. أنا بخير.. لقد أطلقوا سراحي، و...

قاطعته في لهفة:

- أنا (زينب) يا (حلمي).. كيف حالك؟.. ماذا فعلت؟

اختطفت الأم منها السماعة، وهتفت:

- (حلمي).. ابني.. ماذا أصابك؟.. ماذا فعلوا بك؟

ألصقت (زينب) أذنها بسمَّاعة الهاتف، وسمعته يقول:

- اطمئني يا أمي.. كل شيء على ما يرام.. لقد تأكدوا من أنني لست قاتلًا، وأنا الآن مطلق السراح، ولكن أمامي عمل عاجل، لا بد لي من القيام به أولا، قبل عودتي للمنزل، ولقد اتصلت بك لتطمئني بشأني.

سألته الأم غير مصدقة :

- أي عمل هذا، الذي يمنعك من العودة إلى المنزل؟

أجابها بسرعة:

- التحقيق الخاص بالرجل الذي لقي مصرعه.. إنها خبطة صحفية لا يمكنني التنازل عنها.. سأنتهي منها، وأعود على الفور بإذن الله.

قالت (زينب) للأم في لهفة:

- سليه أين سيبدأ التحقيق.. سليه بسرعة، قبل أن ينهي المحادثة.

وفي آلية قالت الأم:

- أين سيبدأ التحقيق يا (حلمي)؟

أجابها (حلمي) :

- في المعمل الخاص بالدكتور (جمعة)، في كلية العلوم.

أنهى المحادثة بعد عبارتين سريعتين، لتهدئة أمه، ولم تكد الأم تعيد سمَّاعة الهاتف إلى موضعها، حتى سألت في شك وقلق:

ـ أتعتقدين أنه يقول الحقيقة؟

ولما لم تسمع جوابًا، التفتت إلى حيث تقف (زينب)، وقالت :

ـ أتعتقدين هذا يا (زينب)؟

ثم ارتفع حاجباها، وهي تدير عينيها في المكان بدهشة، مردِّدة:

ـ (زينب)؟!

ولكن المكان كان خاليًا ..

بلا (زينب)..

☆☆☆

استقبل الدكتور (مجيد) العقيد (علي) و(حلمي) في مكتبه، في كلية العلوم بجامعة (القاهرة)، وتطلّع إلى ساعته، قائلًا:

ـ معذرة.. لقد أتيتما وأنا أستعد للانصراف، فالساعة تجاوزت الثانية ظهرًا، وأنا في طريقي لـ...

قاطعه (علي) في شيء من الغلظة:

ـ يؤسفنا هذا، ولكن الأمر عاجل، وغير قابل للتأجيل.

تنهَّد الدكتور (مجيد)، وألقى نظرة أخرى على ساعته، ثم قال:

ـ فليكن.. ما المطلوب مني بالضبط؟

أجابه (علي):

ـ أنت زميل الدكتور (جمعة).. أليس كذلك؟

أومأ الرجل برأسه في أسى، وقال:

ـ نعم.. إننا زميلان منذ التحقنا بالكلية، ولكن (رحمه الله)، كان كتلة من العبقرية الفذَّة، التي تحتاج إلى معاملة

خاصة.. الحقيقة أنني لم أصدَّق بعد أنه انتحر، فالشخص المفعم بالحماس مثله، يندر أن..
قاطعه (حلمي) في لهفة :
- ألديك فكرة عن طبيعة الأبحاث، التي كان يجريها؟
توقف الدكتور (مجيد) لحظات، ثم قال :
- بالطبع.
ثم استدرك بسرعة:
- ولكنها مجرَّد فكرة عامة، دون تفاصيل دقيقة.
أشعل (علي) سيجارته، وهو يقول:
- سيسعدنا أن تشرح لنا هذه الفكرة العامة.
مطَّ شفتيه، وهو يغمغم :
- إنك تطلب أمرًا عسيرًا للغاية.
ولكنه اعتدل، واستطرد في إهتمام:
- بشكل مبسَّط.. أنت تعلم أن الاتصالات الفضائية ليست بالأمر الهين أو البسيط، وخاصة إذا ما أردت إجراء الاتصال مع كوكب يبعد - عنا سنة ضوئية مثلًا (مع العلم أن السنة الضوئية هي مقياس المسافة التي يقطعها الضوء في سنة)..
ففي هذه الحالة يحتاج إتمام الاتصال إلى ما يزيد على العامين .
قال (حلمي):
- هذا أمر طبيعي، فأسرع وسيلة اتصال لن تتجاوز سرعة الضوء.
نقل (علي) بصره بينهما، دون أن يستوعب الكثير، وقال في ضجر:
- حسنٌ.. وماذا بعد؟
تابع الدكتور (مجيد):

- ولكن الدكتور (جمعة) كانت لديه نظرية خاصة، تقول:
إنه من الممكن اختصــار زمن الاتصــال، في مثل هذه
الحالة، إلى أقل من الربع، بحيث يمكنك
إرسـال رسـالة إلى كوكب يبعد عنا سـنة ضـوئية كاملة،
واستقبال الرد، في زمن قدره خمسة أشهر فحسب .
عقد (حلمي) حاجبيه، وهو يقول:
- وكيف يمكن أن يتم هذا؟
لاحظ الدكتور (مجيد) أن (حلمي) أكثر اسـتيعابًا للأمر،
فالتفت إليه بجسده كله، وقال: عن طريق ذبذبة خاصـة،
لم يتم اسـتحداثها من قبل.. ذبذبة تصـنـع ما أطلق عليه
الدكتور (جمعة) - رحمه الله - اسـم (الفجوة الفضـائية
الزمنية).. أو (فجوة الزمكان).
رفع (علي) رأسه في امتعاض، وقال:
- (الزمكان)؟!.. أي مصطلح هذا؟
زفر الدكتور (مجيد) في ضجر، فأجاب (حلمي):
- إنه مصطلح علمي، يشير إلى حدوث تغيرات متوازية،
في الزمان والمكان، في آن واحد.
ثم التفت إلى الدكتور (مجيد)، وهو يستطرد:
- ومن الواضـح أن تجارب الدكتور (جمعة) قد نجحت،
على الرغم من صـعـوبتها، وأمكنه التوصَـل إلى تلك
الذبذبة النادرة الفريدة.
قال الدكتور (مجيد) في حماس:
- هذا صـحـيح، فلقد أخبرني بهذا، منذ خمسـة أيام تقريبًا،
وقال: إنه يتوقع الحصـول على جائزة (نوبل)، بسبب هذا
الكشف العلمي الفريد، و...
بتر عبارته بغتة، ليسأل (حلمي) في شك:

ولكن كيف عرفت هذا؟.. لقد احتفظ الدكتور (جمعة) بكل معادلات ونتائج أبحاثه سـرًا، فلم يشـاركه إياها سـوى معاونه (ممدوح)، وهو لن يفشي السر قط.

قال (علي) في خشونة، وهو ينفث دخان سيجارته:

- لم يعد هناك داع لإفشـاء السـر.. لقد تسبَّبت أبحاثه في إحضار ذلك الشيء، الذي أزاحه من عالمنا نهائيًا.

انعقد حاجبا الدكتور (مجيد) في شدة، وهو يقول:

- ما الذي يعنيه قولك هذا؟

أشار (علي) إلى (حلمي) في عصبية، وهو يقول:

- سله.. إنه الخبير العلمي في الفريق.

استدار الدكتور (مجيد) إلى (حلمي) بنظرة متسائلة، وهمَّ هذا الأخير بتفسـير الموقف، عندما حدث فجأة أمر قلب الأمور كلها رأسًا على عقب..

لقد تردَّدت في المكان كله صرخة رهيبة، امتزجت بوقع أقدام أنثوية، تعدو في الممر بكل قوتها..

وانتفض (حلمي) في مقعده، عندما ميَّز في تلك الصرخة صوتًا مألوفًا..

صوت زميلة مكتبة..

(زينب)..

☆☆☆

لم تكد (زينب) تسـمع حديث (حلمي) لأمه عبر الهاتف، حتى حملت حقيبتها، واندفعت تغادر المنزل، وقفزت في أوَّل سيارة أجرة استجابت لها، وهتفت بسائقها:

- جامعة (القاهرة).. كلية العلوم.

ومع انطلاق السيارة، ابتسمت في خبث، قائلة:

- إذن فهي فرصـــة العمر يا (حلمي).. يا لك من داهية!..
ولكنني لا أقل دهاءً عنك، وسأظفر بها قبلك.
راحت ترتب أفكارها، وتحاول استرجاع كل ما لديها من معلومات، عن الدكتور (جمعة صــابر)، وعلوم الفيزياء، حتى سمعت السائق يقول:
- وصلنا يا آنسة.
نقدته أجرته، وقفزت خارج السيارة، وتحرَّكت في سرعة إلى مبنى كلية العلوم، وسألت أوَّل من التقت به:
- أين أجد معمل الدكتور (جمعة صابر)؟.
أشار إليها الرجل، قائلًا :
- في الطابق الثاني.
ثم استطرد في فضول:
- ولكن الرجل لقي مصرعه هذا الصباح.. انتحر.
أجابته بسرعة:
- وأنا صحفية، ووجودي هنا مرتبط بتغطية الخبر.
قالتها وهي تهرع إلى معمل الدكتور (جمعة)، فهتف الرجل خلفها:
- صــحفية؟!.. ســتذكرين اســمي إذن.. لقد أرشــدتك إلى المعمل.. أنا...
لم تسمع الاسم، وهي تلوح هاتفة:
- بالتأكيد.. بالتاكيد.
ولمحت سيارة (حلمي) (السيات) الصغيرة في ساحة انتظار السيارات، فعقدت حاجبيها، مغمغمةً لنفسها:
- ذلك السخيف وصل قبلي.. هذه ميزة امتلاك سيارة خاصة.

ولكنها لم تكد تصعد إلى الطابق الثاني، حتى رأت (حلمي) و(علي)، وهما يدخلان إلى حجرة الدكتور (مجيد)، فقالت لنفسها في دهشة:

- عجبًا له، كيف يتحرَّك الاثنان معا؟.. هل أصبح (حلمي) مرشدًا للشرطة؟

إلا أنها لم تلبث أن طرحت كل هذه الأفكار جانبًا، وهي تبتسم في خبث، وتستطرد:

- ولكنهما ارتكبا غلطة العمر، فبلجوئهما إلى القنوات الرسمية، سيضيعان لحظات ثمينة، يمكنني استغلالها للظفر بالسبق الصحفي.

وتسلَّلت في خفة إلى تلك الحجرة، التي تحمل اسم الدكتور (جمعة)، وهمَّت لحظة بطرق الباب، ثم هزَّت كتفيها، متمتمة:

- أظنه لن يعود إلى الحياة غاضبًا؛ و لو أنني تسلَّلت إلى معمله دون إذنه.

ودفعت الباب في حذر، وانسلَت في خفة إلى المكان..

لم يكن هذا معمله، كما كانت تتوقع، بل كانت حجرة مكتب صغيرة، بها مكتب ومكتبة صغيرة، وفي جدارها الخلفي باب آخر نصف مفتوح، يقود إلى المعمل..

وعلى أطراف أصابعها، تقدَّمت (زينب) من باب المعمل نصف المفتوح، وهمَّت بعبوره..

وفجأة، تناهى إلى مسامعها حديث خافت، يبدو وكأنه من طرف واحد..

طرف يجيب أسئلة غير مسموعة..

واتسعت عينا (زينب) في ارتياع..

لقد كان الحديث خطيرًا.

بل بالغ الخطورة، حتى أنها أقدمت على أكبر غلطة في حياتها..

أطلقت شهقة قوية..

ومع شهقتها، حدثت جلبة في المعمل، ثم اقترب وقع أقدام سريعة من بابه..

وفي ذعر هائل، جذبت (زينب) باب المعمل، وأغلقته، ولكن يدًا قوية راحت تجذبه من الطرف الآخر، فصرخت هي:

ـ النجدة.. النجدة.. أنقذوني.

كانت ترتجف خوفًا وهلعًا، ولا تدري ماذا تفعل، ولا أحد يستجيب لندائها، ولكنها لمحت فجأة مفتاح الباب، في ثقبه الخاص أمامها، فأسـرعت تديره، وأغلقت الباب في إحكام، ثم جذبت المفتاح، وألقته بعيدًا، وتراجعت تلقي جسـدها على أقرب مقعد إليها، وهي تلهث في توتر وانفعال جارفين..

وتوقفت الجلبة في المعمل، وسـاد هدوء عجيب، جعلها تحبس أنفاسها، وتتطلَّع إلى الباب في ترقب وارتياع..

ثم أطلقت شهقة رعب هائلة..

لقد رأت أمامها ذلك الظلّ الشـفاف، وهو يخترق الباب المغلق، ويعبره في نعومـة، ثم يتجـه إليهـا في خطوات سريعة..

وصرخت (زينب)..

صـرخت بكل الرعب المتفجّر في أعماقها، وانطلقت تعدو في الممر الخـارجي بكل قوتها، وهي تصـرخ، وتصرخ، وتصرخ..

وفي نهاية الممر، وجدت حجرة مفتوحة، فقفزت داخلها، وأغلقت الباب خلفها في قوة..

ولكن ذلك الظل شبه البشري اخترق الحائط مرة أخرى،
ووقف أمامها، وراح يتجسّد في بطء، والتمع في قبضته
نصل خنجر حاد..
وصرخت (زينب) أكثر، وأكثر، و...
وهوى الخنجر القاتل.

☆ ☆ ☆

..قاتل من عالم أخر

لم يكد (حلمي) يسمع صرخة (زينب)، حتى وثب من مقعده، وانطلق يعدو خارج الحجرة، في الممر الطويل، الذي يحوي حجرات أعضاء هيئة التدريس، وهو يهتف:

- أين هي؟.. أين ذهبت؟

أجابه أحد العمال في اضطراب:

- هناك.. في حجرة الملفات.. لقد كانت تجري كما لو أن الشيطان نفسه يعدو خلفها.

قال (علي)، وهو ينزع مسدسه، ويعدو خلف (حلمي).

- ربما هذا ما حدث بالفعل.

فغر العامل فاه في ذهول، وهو لا يفهم شـــيئًا مما يحدث حوله، في حين بلغ (حلمي) حجرة الملفات، وراح يجذب مقبضها في قوة، وهو يصيح:

- إنها بالداخل.. الباب مغلق.. لقد سجنها.

غمغم العامل .

- كلَّا.. إنها وحدها.

لم يكد ينطق العبارة، حتى انطلقت داخل الحجرة صرخة مروَّعة، وكان أحدهم يهمّ بذبحها، فصرخ (حلمي).

- إنه بالداخل معها.. إنه بالداخل.

دفعه (علي) جانبًا وهو يهتف ..

- هذا يحتاج إلى إجراء خاص.

وصوَّب مسدسه إلى رتاج الباب..

وأطلق النار..

وبدفعة قوية من كتفه، ســقط الرتاج، وانفتح الباب على مصــراعيه، وتجمَّدت الدماء في عروق (حلمي) وهو يهتف:

- ربَّاه!.. (زينب).

كانت ساقطة في وسط الحجرة، وصدرها وبطنها ملوثان ببقعتين كبيرتين من الدماء، فاندفع (حلمي) نحوها، وحملها هاتفًا:

- الإسعاف.. اطلبوا سيارة إسعاف بسرعة.. إنها تفقد الكثير من الدماء.

أما (علي)، فراح يدير عينيه حوله في عصبية، وهو يقول:

- هذا الوغد هنا.. أقسم إنه حولنا، في مكان ما.

وفي إعياء وتهالك، فتحت (زينب) عينيها، وغمغمت:

- الشبح.. إنه.. إنه..

مسح (حلمي) العرق المتصبَّب على جبينها، وهو يقول متعاطفًا:

- اهدئي يا عزيزتي.. لا تبذلي جهدًا.

ولكنها أزاحت أصابعه في صعوبة، وقالت:

- المستشار.. هد... هد...

ثم انهارت فاقدة الوعي، فكرَّر (حلمي) صراخه:

- الإسعاف بسرعة.. أسرعوا بالله عليكم.

وصاح العقيد (علي) في غضب:

- اكشف وجهك أيها الحقير.. قاتل كرجل ولو لمرة واحدة في حياتك كلها.

ولكن صيحاته، التي ردَّدتها جدران الكلية طويلًا، لم تلق صدى قط..

وضاعت في الفراغ..

الفراغ القاتل..

☆☆☆

كانت عقارب الساعة تشير إلى الخامسة مساءً، عندما أشعل العقيد (علي) سيجارته، وهو يقف في قاعة الانتظار بالمستشفى، ونفث دخانها في توتر شديد، وهو يقول:

- الأطباء يقولون: إنها ستنجو بإذن الله.

قال (حلمي) في مرارة :

- لو أصابها مكروه، لن أسامح نفسي قط .

نفض (علي) رماد سيجارته في عصبية، وهو يقول :

- لماذا؟.. إنك لم تفعل شيئًا.. هي التي أتت بقدميها إلى هناك.

زمجر (حلمي)، وقال :

- كانت تسعى وراء ذلك السبق الصحفي، الذي أخبرت به أمي.

قال (علي) في حدة :

- إنه خطؤها.

تقدَّمت منه ممرضة القسم، في هذه اللحظة، وقالت:

- التدخين ممنوع هنا.

مط شفتيه في حنق، وأطفأ سيجارته، مغمغمًا:

- إنهم يضطهدون المدخنين في كل مكان الآن.

قال (حلمي):

- التدخين عادة ضارة، و...

قاطعة في حدة، وهو يلوِّح بذراعه:

- لست أرغب في سماع محاضرة عن أضرار التدخين.

ثم تحرَّك مغادرًا قاعة الانتظار، مستطردًا:

- ابق أنت في انتظار صديقتك، وسأواصل أنا عملي.

سأله (حلمي) في اهتمام:

- ماذا ستفعل؟

توقف وهو يجيب:
- لن أخبرك.
ثم أشار بسبَّابته حوله، مستطردًا:
- الحوائط لها آذان كما تعلم.
وغادر المكان مسرعًا، فزفرت الممرضة مغمغمة:
- إنه شديد العصبية.
أجابها (حلمي):
- ولكنه يؤدي واجبه جيدًا.
وصمت لحظة، ثم أضاف في حسم:
- وهذا يكفي.
أما (علي)، فقد غادر المستشفى، وهو يشعر بتوتر بالغ، وقاد سيارته مبتعدًا، وهو يقول لنفسه:
- من يصدِّق أن هذا يحدث؟.. أنا أطارد شبحًا؟!.. كيف يمكنني تسجيل هذا في محضر رسمي؟!
هزَّ رأسه في حنق، وعاد يستطرد:
- لو أنك هنا أيها الشبح الوغد، تتجسَّس على أقوالي وأفعالي، فلتعلم أنني لن أفصح عن وجهتي قط.
ثم ابتسم في عصبية، مردفًا:
- ويمكنك بالطبع أن تصحبني إلى هناك، دون أن أراك.
كان هذا ما يثير القدر الأعظم من سخطه بالفعل..
عجزه عن تحديد موقع خصمه..
أو خطوته التالية..
أو حتى طبيعته..
إنه لم ير منه سوى ظلّ هلامي شفاف، يشبه في تكوينه هيئة البشر..
تمامًا كما يحدث في أفلام الخيال العلمي، التي يبغضها كل البغض..

فجوات فضائية، ومخلوقات عجيبة، وأسلحة تطلق أشعة، و...

ولكن هذا المخلوق يختلف..

إنه لا يستخدم تلك الأسلحة العجيبة، التي تظهر في أفلام الخيال العلمي ورواياته.

فقط يستخدم المسدسات والخناجر..

وربما العصي والهراوات في المرة القادمة..

إنه كائن من كوكب الحواري والأزقة..

كائن متشرد مشاغب.

والأسخف أنه يجهل كيف وصل هذا الكائن إلى الأرض؟.. ولماذا؟..

لماذا يقتل ويبيد كل من يدرك حقيقة وجوده، على هذا النحو البشع، دون شفقة أو رحمة؟..!

ثم ما الذي يعنيه ذلك القول، الذي حاولت تلك الصحفية إبلاغهم إياه، قبل أن تفقد وعيها؟

من ذلك المستشار الذي أشارت إليه؟..

وما صلته بما يحدث؟..

أرهقته الأسئلة، وأثقلت ذهنه، حتى أصابه الضجر، فتمتم في توتر:

- فليكن.. ربما عثرنا على كل الأجوبة هناك.

قاد سيارته بعدها في صمت، حتى بلغ منطقة هادئة، في مدينة المهندسين، أوقف السيارة فيها، وهبط منها ليتجه إلى مبنى بعينه، وأبرز بطاقته لرجل شرطة يقف أمامه، وهو يقول:

- هل أعددتم كل شيء.

أدى الجندي التحية العسكرية، وهو يقول:

- نعم يا سيّدى، ونحن في انتظار سيادتك، للقيام بالمهمة.

أومـأ (علي) برأســــه، دون هـدف محـدود، ودلف إلـى المبنى، وصعد إلى الطابق الثالث منه، حيث يقف ضابط شـــرطة آخر، مع موظف مدني، وأدى الضـــابط التحية العسكرية بدوره، وهو يقول:

- هل نبدأ يا سيادة العقيد؟

أشار (علي) بيده، قائلًا:

- أفعل.

أشـــار الضـــابط بدوره إلى الموظف المدني، ففتح دفتره، وراح يدون بصوت مسموع:

إنـه في يوم (........)، وبموافقـة الســـيد مـدير النيـابـة (.......)، تم فتح شقة الدكتور (جمعة صابر)، الذي انتحر بتاريخ (....)، وذلك لتفتيشـــها، والبحث فيها عن أية أدلة أو قرائن أو...

واصـل الرجل تلاوة الأمر الرسـمي، في حضـور بوّاب البناية، و(علي) يســتمع إليه في ضــجر، حتى انتهى، فأخرج الضابط من حرز رسمي سلسلة المفاتيح، التي تم العثور عليهـا في ثيـاب الـدكتور (جمعـة)، وفتح البـاب، و... وشهق الجميع في دهشة، في حين انعقد حاجبا العقيد (علي)، دون أن ينبس ببنت شـفة، وهو يحدِّق في الشـقة، التي انقلبت محتوياتها رأسًا على عقب، والتي اندفع إليها الضابط، وهو يقول في غضب:

- أحدهم سبقنا إلى هنا.

غمغم (علي) في عصبية:

- كنت أتوقع هذا إلى حد كبير.

التفت إليه الضابط في دهشة، وهو يقول:

- لماذا؟

قال (علي) في حدة:

- لدى أسبابي.
ثم أضاف في صرامة:
- ولكننا سنتجاهل كل ما أمامنا، وسنعيد قلب هذه الأشياء رأسًا على عقب. فربما نسي من سبقنا شيئًا، أو أهمل العثور على دليل بالغ الأهمية. هيا.. سنبدأ عملنا.
وسبق رجاله إلى العمل..
وبمنتهى الحماس..
أو الغضب..

☆☆☆

انحنى طبيب المستشفى يفحص نبض (زينب)، بعد أن استقرَّت في فراشها، وهو يقول:
- لقد نجت بأعجوبة.. لقد أصابتها طعنة في صدرها، على بعد سنتيمترات من البطين الأيسر، وأخرى في معدتها تمامًا، وفقدت لترًا كاملًا من الدم، ولكن كل شيء الآن على ما يرام والحمد لله.
تنهَّدت الممرضة، وقالت:
- حمدًا الله.. صديقها كاد يقتل نفسه حزنًا عليها في الخارج.
تلفت الطبيب حوله، وقال:
- وأين ذهب الآن؟
هزَّت كتفيها، قائلة:
- لست أدري.. لقد اختفى فجأة، بعد نجاح العملية.
ابتسم الطبيب في خبث، وهو يلملم أدواته، قائلًا:
- هكذا الصحفيون ورجال الفن.. عواطفهم تنسكب بسرعة الصاروخ، وتنحسر بسرعة البرق.

شاركته الممرضة ضحكة ساخرة، ثم تبعته إلى الخارج، وهي تسأله:

- وماذا عنها؟.. هل أحقنها بعقار مسكن، قبل أن تستعيد وعيها؟

أجابها في آلية:

- نعم، وهي تحتاج إلى نصف لتر من الجلوكوز، ومثله من الـ...

تلاشى صوتهما وهما يبتعدان عن الحجرة، بعد أن أغلقت الممرضة الباب خلفها، وران على الحجرة صمت ثقيل، إلا من ذبذبة آلات رسم القلب والأكسجين، التي راحت تتردَّد في رتابة، وتضفي على الحجرة جوًا رهيبًا..

وفجأة، انفصل عن الجدار ظلّ نصف شفاف، توقف لحظات في فراغ الحجرة، ثم تقدَّم في هدوء إلى فراش (زينب)، ووقف إلى جواره، وراح يتجسَّد في بطء، حتى أصبح في هيئة بشرية واضحة، بذاك الزي الأسود، والمنظار العجيب، والجهاز الشبيه باسطوانات الأكسجين خلف ظهره..

ثم استل خنجرًا ماضيًا، ورفعه في هدوء، ثم هوى به؛ ليطعن تلك الراقدة أمامه.

يطعنها في مقتل.

☆☆☆

أوَّل الخيط..

مط (علي) شفتيه في غضب، وطوَّح الكتاب الذي يمسك به، على مرمى يده، وهو يقول في حنق:

- مهمة فاشـلة.. لم نعثر على ذرة من الرمال، تفيد سـير القضية.

أجابه الضابط في ارتباك:

- لقد بذلنا قصــارى جهدنا يا ســيادة العقيد، ولكن من الواضح أن ذلك الذي..

قاطعه (علي) في سخط:

- الذي سـبقنا.. أليس كذلك؟.. بالتأكيد.. ذلك الوغد الذي سبقنا حصل على كل شيء، ولم يترك لنا سوى كومة من الكتب العلميـة، التي لا أفهم منهـا حرفًا واحدًا، وأثاث مبعثر في كل مكان.

غمغم الضابط:

- على الأقل، كان يعرف ما يبحث عنه.

زوى العقيد (علي) ما بين حاجبيه في شدة، وهو يقول:

- نعم.. كان يعرف ما يبحث عنه.

ثم ركل سلة المهملات المجاورة لمكتب الدكتور (جمعة)، وهو يستطرد:

- يعرفه جيدًا.

سـقطت السـلة، وتبعثرت محتوياتها، فتطلَّع إليها (علي) في اهتمام بالغ، ثم انحنى يلتقط ورقة معتصرة من بينها، وهو يتمتم:

- تُرى هل..

فضَّ الورقة في سـرعة، وراح يقرأ محتواها في اهتمام بالغ..

كانت مجرَّد مسودة، أو صفحة من مذكرات يومية، اعتاد الدكتور (جمعة) تدوينها، ولكنه أخطأ كتابة جزء منها، فانتزعها وألقاها في سلة المهملات، وأعاد تدوينها على الأرجح..

وفي هذه المسودَّة، كان هناك الكثير.. الكثير جدًا..

وبرقت عينا العقيد (علي)، وهو يدس الورقة في جيبه، قائلًا:

- كفي يا رجال.. لقد حصلنا على ما يكفينا.

وارتسمت على طرف شفتيه ابتسامة ظافرة، وهو يستطرد:

- وعرفنا من هو خصمنا بالضبط.

☆ ☆ ☆

كان خنجر ذلك القاتل، في طريقه إلى قلب (زينب) مباشرة، عندما برز (حلمي) فجأة، من خلف ساتر في ركن الحجرة، وهو يقول:

- كنت واثقًا من أنك ستفعلها.

استدار القاتل بسرعة إلى (حلمي)، وبدا مظهره مخيفًا، في زيه الحالك السواد، الذي يخفي جسده كله، وذلك المنظار المخيف، الذي يعكس أضواء الحجرة كلها..

ولكن (حلمي) لم يسمح لذلك الشيء بإثارة خوفه وذعره مرة أخرى..

لقد انقضّ عليه بكل قوته وسرعته، قبل أن يمنحه الفرصة للتحرّك والتفكير..

ولم يكن الأمر بالخطورة التي تصوَّرها..

قبضـــته هوت على فك القاتل، كما تهوى على فك أي بشــرى عادي، وألقته أرضًــا، ثم وثب نحوه، وركله في معدته، وهو يقول:
- عجبًا!.. لماذا تبدو بشريًا إلى هذا الحد؟
حاول القاتل أن ينهض، ولكن (حلمي) ركله مرة أخرى في فكه، مستطردًا:
- إنك حتى لم تعد تخيفني.
وفي تلك اللحظة، فتحت الممرضـة الباب، وصـرخت في ارتياع:
- ما هذا؟.. ماذا يحدث هنا؟ !
التفت إليها (حلمي)، وقال :
- لا تتدخلي.. ابتعدي بسرعة.
وعندما عاد يسـتدير إلى ذلك القاتل، كان قد بدأ يتلاشــى تدريجيًا، فصاح في ذعر:
- لا.. لا تفعلها.
وانقض عليه، ليلكمه مرة ثانية، ولكن قبضـــته عبرت جســد القاتل، كما لو كان مجرَّد صــورة هولوجرامية، فتراجع (حلمي) في توتر، وهو يقول:
- سحقًا لهذا.. لقد بلغ ما يبتغي.
وفي مرارة وعجز، راقب ذلك القاتل فوق الطبيعي، وهو ينهض واقفًا، وجســده يكتســب شـفافية أكثر وأكثر، في حين جحظت عينا الممرضة، وشهقت هاتفة:
- عـ.. عفريت.
ثم هوت فاقدة الوعي..
أما ذلك الظلّ القاتل، فقد اتجه نحو (حلمي)، في حركة توحي بالغضب، وتراجع (حلمي) قائلًا في عصبية:
- هذا قتال غير متكافئ.. إنك تمتلك قدرات فوق طبيعية.

ولكن الظلّ اخترق فراش (زينب)، وجسدها، وعبرهما إلى حيث يقف (حلمي)، الذي لكمة مرة، وثانية، وثالثة، واخترقته قبضته في المرات الثلاث، دون أن يهتز له جفن..

ثم فجأة، توقف (حلمي)، واعتدل قائلًا:

- مهلًا.. أنت أيضًا عاجز عن إيذائي.

توقف الظلَ بحركة حادة، كما لو أن القول قد باغته، فتابع (حلمي) في حماس:

- بالطبع.. كيف لم أنتبه إلى هذا؟ إنك لا تستطيع لمسي إلا عندما أستطيع أنا أيضًا لمسك.. هذا واضح.. إننا نتساوى في هذا الأمر.

مكث الظلّ ساكنًا لحظة، ثم تزايدت شفافيته، حتى تلاشى تمامًا، فهتف (حلمي)، وهو يتلّفت حوله:

- أين ستذهب؟ لقد انكشف أمرك.. ماذا ستفعل الآن؟

ولكن شيئًا حوله لم يحدث..

لقد ساد صمت رهيب، مخيف، جعل قلبه يخفق في عنف..

كان واثقًا من أن ذلك الشيء لم يبتعد..

إنه هنا، في مكان ما..

يراقب..

يستمع..

يترقب..

يتحفز..

وفي لحظة ما، سينقضّ..

وسيقتل..

ولم يكن أمام (حلمي) سوى أن يتلفت حوله طوال الوقت..

وينتبه..
ويتحفَّز بدوره..
ولكن فجأة، ظهر الطبيب المعالج، واتسعت عيناه في دهشة، وهو ينقل بصره ما بين الممرضة الفاقدة الوعي، و(حلمي) الذي يدير عينية فيما حوله في عصبية، فهتف:
- ما هذا بالضبط؟.. من أنت؟
اندفع (حلمي) نحوه، وقال:
- أريد نقل هذه المريضة من هنا.. وجودها في هذا المكان يعرّضها لخطر بالغ.
صاح به الطبيب في توتر :
- أي خطر.. إننا نوليها عناية فائقة.
ثم أزاحه جانبًا، واتجه نحو (زينب)، وفحصها في سرعة، ثم استطرد:
- ها هي ذي، في خير حال.. ستستعيد وعيها بعد ساعة على الأكثر، و...
بتر الطبيب عبارته فجأة، واتسعت عيناه في ذعر وذهول، ثم تراجع في حركة عنيفة، كما لو أن صاعقة قد أصابته،
لقد رأى ظلًا بشريًا يتجسَّد أمامه، وهو يمسك خنجرًا، ويغرسه في جسد (زينب)..
في موضع القلب تمامًا..
ولم يكن الخنجر مغروسًا في قلبها بالفعل.
فقط، كان يعبر جسدها، كظل غير عادي، والظلّ الممسك به يتجسَّد في بطء..
وصرخ (حلمي).
- لا.. إنه يقتلها..

واندفع نحوه، وحاول أن يضـــربه، أو بلكمه، أو يزيحه جانبًا..
ولكن الظلّ تراجع في بطء، وتخلّى عن خنجره، وتركه في موضعه، في جسد (زينب)..
وهوى قلب (حلمي) بين قدميه..
لقد تحرَّك الظل وخنجره، في اتجاهين متعارضين تمامًا..
الظل تلاشى في سرعة، والخنجر تجسَّد بنفس السرعة..
وشـــهقت (زينب) في قوة، عندما تحوَّل الخنجر إلى كيان مادى، وهو مغروس حتى مقبضة في قلبها..
شهقت شهقة أخيرة، ثم استكان جسدها كله..
وانهار (حلمي)، وهو يصرخ :
- لقد قتلها.. ذلك الشيء اللعين... قتلها.
وخيل إليه لحظتها أن جدران الحجرة تردَّد ضـــحكة ساخرة، ظافرة، شامتة..
ضحكة ظلّ قاتل..

☆☆☆

ألقى العقيد (علي) سيجارته جانبًا، وهو يدلف إلى حجرة ضابط مباحث القسم، الذي يتبعه المستشفى، وقال:
- أين هو؟
أشار الضابط إلى حجرة جانبية، وهو يقول:
- لن يمكنك أن تصدَّق.. إنه نائم، تحت حراسة ثلاثة من الجنود كما أمرت.
قال (علي):
- من الطبيعي أن يسقط نائمًا، فهناك عقار مهدئ يسرى في عروقه منذ الصـــباح، دون أن يجد الفرصـــة لحظة واحدة للراحة.
هزَّ الضابط رأسه في حيرة، وقال:

- ولو.. كيف يمكنه أن يستغرق في النوم، بعد أن ارتكب فعلته الرهيبة هذه؟!.. لقد قتل فتاة مريضة، فاقدة الوعي..
أشعل (علي) سيجارة أخرى، وهو يقول :
- لا يوجد دليل واحد على أنه هو القاتل.
أجاب الضابط في شيء من التوتر:
- هذا ما يقوله هو.. بل إنه يحاول إدعاء الجنون، ويقص قصة ساذجة، يستحيل أن يصدّقها أي شخص عاقل.
نفث (علي) دخان السيجارة، وهو يقول:
- قصة عن شبح يظهر ويختفي.. أليس كذلك؟
حدَّق الضابط في وجهه بدهشة، وهتف :
- تمامًا.. هل سبق أن أخبرك بها.
هزَّ (علي) كتفيه، وقال :
- يمكنك أن تقول: إنني مررت بظروف مشابهة.
عاد الضابط يحدّق في وجهه بدهشة، وهو يقول :
- سيادة العقيد.. هل تعني بالفعل ما تقول؟
لوَّح (علي) بكفه، وقال:
- دعك مما أقوله أنا، وأخبرني.. ماذا يقول شهود الحادث؟
مطَّ الضابط شفتيه، وقال:
- إنهم مجانين أيضًا.. الممرضة تقول: إنها رأت عفريتًا في الحجرة، والطبيب يؤيد أقوال هذا الصحفي المخبول.
قال (علي) في حزم:
- هذا يعني أنك لا تمتلك الحق في احتجاز الصحفي، ما دامت أقوال الشهود تؤكد أنه ليس القاتل.
هتف الضابط في عصبية:
- ومن نتهم إذن؟.. العفريت؟!
أجابه (علي) في صرامة:

- اتهم من يحلو لك، ولكن لا تجعل وكيل النيابة يسخر منك، وأنت تقدّم له شخصًا أجمع الشهود على تبرئته، لمجرَّد أنك عجزت عن الإيقاع بالقاتل الحقيقي.
ثم دفع باب الحجرة المجاورة، وقال:
- هيا.. استكمل إجراءات إطلاق سراحه، حتى أتبادل حديثًا سريعًا معه.
وأشار لجنود الحراسة الثلاثة، فغادروا الحجرة، وتركوه وحده مع (حلمي)، الذي استغرق في نوم عميق، فوق فراش متهالك، في ركن الحجرة، فتطلّع (علي) إلى ساعته، وغمغم:
- لقد حصل على ساعتين من النوم العميق، وهذا يكفيه.
ثم جلس على طرف الفراش، ودفع (حلمي) في رفق، قائلًا :
- هيا استيقظ يا (حلمي).. ليس أمامنا وقت لنضيعه.
وعلى الرغم من هدوء وبساطة الحركة، إلا أن (حلمي) قفز من الفراش مذعورًا، وهو يهتف:
- لا.. لا.. ابتعد.
هتف به (علي):
- رويدك يا فتى.. إنه أنا.. هل أصابك كابوس آخر؟
حدَّق (حلمي) في وجهه لحظة، ثم جلس إلى جواره، على طرف الفراش، ولهث في شدة، كما لو أنه يعدو منذ ساعة كاملة، وقال:
- الكوابيس لم تعد تنقطع عن زيارتي قط، كلما أغمضت عيني.. تصوَّر.. لقد رأيت ذلك الظلّ في كابوس، وهو يقتل (زينب)، و...
بتر عبارته بغتة، واتسعت عيناه في هلع، وهو يهتف:

- ولكن هذا ليس كابوسًـا.. إنه حقيقة.. لقد قتل (زينب).. أليس كذلك؟.. قتلها ذلك الوغد الجبان.

وترقرقت عيناه بالدموع، ولكن (علي) قال في سـرعة، لينتزعه من حالة الانهيار، قبل أن يبلغها:

- لقد عرفنا طبيعته على الأقل.

التفت إليه (حلمي)، هاتفًا:

- حقًّا؟!.. أهو مخلوق فضائى كما توقعنا؟

هزَّ (علي) رأسه نفيًا، وقال:

- لا.. لا أعتقد هذا.

ثم نـاولـه الورقة، التي عثر عليها في سـلـة مهملات الدكتور (جمعة)، مستطردًا:

- لقد عثرت على هذه، وأعتقد أنك أقدر على فهمها مني.

التقط (حلمي) الورقة، وراح يقرأ ما بها بصوت مسموع، ولهفة حقيقية:

- الثامن من أغسطس.. أتممنا اليوم، أنا و(ممدوح)، أوَّل تجربة للذبذبة الجديدة، ولكن النتيجة لم تكن كما توقعنا.. صـحيح أن الفجوة (الزمكانية) قد حدثت، ولكن ليس في غياهب الفضاء، بل في الـ...

توقَّف عن القراءة وقال:

- هناك جزء ممزق وضائع.

قال (علي) في اهتمام:

- اقرأ الجزء الآخر.

واصل (حلمي) القراءة، قائلًا:

- ويبدو أن (أينشـتين) لم يكن مخطئًا، عندما تحدَّث عن الأبعاد الأخرى، فتجربتنا تثبت هذا، و..

كان هذا آخر ما تحويه الورقة، فعقد (حلمي) حاجبيه، وهو يقول:

ـ أهذا كل شيء؟

قال (علي) في عصبية :

ـ ألا يكفيك لتفهم الموقف كله؟

أعاد (حلمي) قراءة الورقة، وقال :

ـ إنها تعني أن هذا المخلوق الذي نواجهه، ليس كائنًا فضائيًا.

هتف (علي) في حماس :

ـ لقد خمَّنت هذا.

غمغم (حلمي) :

ـ وربما يعني أنه كائن من بُعد آخر.

مال (علي) برأســـه إلى الأمام، وهو يقول في دهشـــة حائرة :

ـ من ماذا؟!

تنحنح (حلمي)، وقال:

ـ من بُعد آخر.. سأحاول شرح الأمر بشكل مبسَّط.. أنت تعلم أن كل شـــيء في العالم له ثلاثة أبعاد رئيســية.. الطول، والعرض، والارتفاع.. وعندما وضع (أينشتين) نظرياته، أضـاف إليها البُعد الرابع، وهو الزمن، وأشـار إلى وجود بُعد خامس، يختلف منظور الأشـياء فيه عن عالمنا، ذي الأبعاد الأربعة، و...

كانت تلك النظرة الحائرة العصـبية التي تطلّ من عين (علي)، تكفي لأن يبتر (حلمي) حديثه، ويقول في سرعة:

ـ باختصـار.. هناك عوالم حولنا، لا يمكننا رؤيتها، أو الشـعور بها، ولها قواعد وقوانين طبيعية، تختلف تمامًا عن قوانين عالمنا.

قال (علي) في لهجة تحمل شيئًا من الاستنكار :

ـ وهذا الشيء جاء من هناك؟!

أومأ (حلمي) برأسه، وقال :
- هذا ما يبدو .
صمت (علي) لحظات، ثم قال في حزم:
- هل تعلم أين يمكننا الحصول على كل الأجوبة؟
ونهض في حماس، مضيفًا:
- عند ذلك المساعد.. (ممدوح).
هتف (حلمي):
- بالطبع.. لقد شارك الدكتور (جمعة) كل تجاربه، وهو يعرف الكثير بالتأكيد.. كيف لم أنتبه إلى هذا؟
قال (علي):
- أنا انتبهت إليه، وحصلت على عنوان (ممدوح) هذا، وسنذهب إليه على الفور.
تطلَّع (حلمي) إلى ساعته، وقال :
- ولكنها العاشرة والنصف مساء الآن.
قال (علي) في صرامة :
- الواجب لا توقيت له.. هيا.
غادرا قسم الشرطة معًا، وضابط المباحث يتابعهما في سخط غاضب، وأشار (علي) إلى سيارة (حلمي) الصغيرة، وهو يقول:
- اترك سيارتك هنا، وستذهب بسيارتي، و...
قاطعة فجأة أحد رجال الشرطة، وهو يسرع نحوهما، قائلًا:
- سيادة العقيد.. هناك اتصال عاجل.
سأله (علي):
- من؟!
ارتبك الجندي لحظة، ثم قال :
- سيادة اللواء مدير الأمن.

انعقد حاجبا (علي) في غضب، وغمغم في حدة:
- إنه ضابط المباحث.. لقد تقدَّم بشكوى عاجلة.. ياله من سخيف!
ثم استدار إلى (حلمي)، قائلًا:
- اسمع.. إنه يحاول منعي من الإفراج عنك.. أنا أعرف هذه الأساليب.. ولكننا لن نمنحه الفرصة لهذا.. غادر المكان على الفور، واتجه أنت إلى منزل (ممدوح)، وسألحق بك بعد أن انتهي من هذه المشكلة.. أسرع، ولا تضيع الوقت.. ها هو ذا العنوان.
أسرع (حلمي) بالفعل إلى سيارته، وضابط المباحث يراقبه من نافذة حجرته في غضب، وانطلق بها مبتعدًا، في حين شدّ العقيد (علي) قامته، وقال في حزم:
- أهلًا بالمعارك.
وعاد إلى قسم الشرطة..
أما (حلمي)، فقد استرشد بالعنوان، واتجه مباشرة إلى منزل (ممدوح)، وعندما أوقف السيارة أمام المنزل، لاحظ أن الأضواء كلها مطفأة، فتمتم:
- يبدو أنني سأضطر إلى إيقاظ (ممدوح) هذا من نومه.
صعد إلى شقة هذا الأخير، وتردَّد لحظة، قبل أن يضغط جرس الباب، ومضت لحظات من الصمت، ثم أضيئت الأنوار، وانفتح الباب، وظهر (ممدوح) على عتبته، وهو يقول في حنق:
- من يأتي في مثل هذه الساعة؟
غمغم (حلمي) في حرج:
- أنه أنا.. لقد..
وفجأة، بتر عبارته، وهو يحدِّق في عيني (ممدوح) في دهشة وذعر..

وفي اللحظة التالية، هوت ضـربة قوية على رأسـه، قبل
أن يفيق من ذهوله، فترتح جسـده في عنف، ثم اسـتقبل
الضربة الثانية، و...
وسقط فاقد الوعي.

☆ ☆ ☆

المواجهة..

انعقد حاجبا مدير الأمن، وهو يستقبل العقيد (علي) في مكتبه، قائلًا في صرامة:

- ماذا تفعل بالضبط يا حضرة الضابط؟.. كيف أتلّقى من ضابط مباحث شكوى بأنك تحاول إنقاذ متهم في جريمة قتل؟.. ألا تعرف ما يعنيه هذا، بالنسبة لوظيفتك ومستقبلك؟!

شدَّ (علي) قامته، وهو يقول في حزم :

- إنني لم أخالف القانون يا سيِّدى.

قال مدير الأمن:

- ولكنك خالفت كل القواعد والأعراف، المعمول بها في عالمنا، عندما تجاوزت إرادة زميلك، وأفرجت عن ذلك الصحفي.

قال (علي):

- ولكنني لم أخالف القانون.

رمقه مدير الأمن بنظرة غاضبة، تحمل شيئًا من الدهشة، ثم قال في صرامة:

- (علي).. لماذا فعلت هذا؟

صمت (علي) بضع لحظات، ثم قال في حزم :

- كانت لدي أسبابي..

سأله في غضب:

- وما هي أسبابك؟

عاد إلى صمته قليلًا، قبل أن يجيب :

- لا يمكنني الإفصاح عنها في الوقت الحالي.

تضاعف الغضب في عيني مدير الأمن وملامحه، وهو يتبادل نظرة قاسية صارمة مع (علي)، ثم قال في حدة:

- اسمع يا (علي).. لو أنك شخص آخر، غير العقيد (علي عبد المنعم) الذي أعرفه، والذي يتفانى طيلة عمره في عمله وأداء واجبه، لاتخذت معك إجراءات عنيفة وصارمة.. ولكنني حتى غير مستعد لهذا، في الوقت الحالي، فنحن مشغولون بتأمين المؤتمر الاقتصادي المصري الألماني، وهذا يستنزف كل جهودنا.. هيا.. اذهب الآن، وسنناقش هذا فيما بعد..

اعتدل (علي) في وقفته، وقال :

- أشكرك يا سيّدي.

وغادر مكتب مدير الأمن، ومبنى المديرية كله، وانطلق بسيارته إلى منزل (ممدوح)، وهو يغمغم في حنق:

- إذن فهذا أسلوب تعاملك يا حضرة ضابط المباحث.. أقسم أن تدفع الثمن غاليًا، عندما أفرغ من هذا الأمر.

كان يقود سيارته بسرعة كبيرة نسبيًا، مستغلًا خلو الطرقات، في هذه الساعة المتأخرة، حتى بلغ منزل (ممدوح)، فصعد إليه في سرعة، ولم يكد يبلغ الشقة حتى هتف:

- تبًا لهذا!!!

كانت الشقة مفتوحة، وخالية من أي إنسان، ومحتوياتها مبعثرة في جميع أرجائها..

وفي عصبية، هتف (علي):

- أما من نهاية لكل هذا؟.. ما الذي فعلوه بهذا الشاب أيضًا؟.. ثم أين (حلمي)؟

وماذا أصابه؟

ولم تكن هناك أجوبة.

أية أجوبة..

☆☆☆

استعاد (حلمي) وعيه في بطء، وبدأت عيناه في تميز ما حوله في صعوبة..

كان يرقد على أريكة واسعة، مقيد المعصمين والقدمين، وسط قاعة أشبه بمعمل اختبارات كامل، يقف في منتصفها رجل..

بل شاب هادئ وسيم..

إنه (ممدوح)..

مساعد الدكتور (جمعة)..

وهتف (حلمي) في توتر:

- إذن فهو أنت؟!

مطَّ (ممدوح) شفتيه، وقال في برود:

- نعم.. هو أنا.

ثم لوَّح بكفه، مستطردًا:

- ولكنني لم أتصوَّر أنك ستتعرفني بهذه السرعة.. لقد قرأت هذا في عينيك، وكان من الضروري أن أتحرَّك بسرعة.

قال (حلمي) في حنق:

- لهذا هاجمتني، وأفقدتني الوعي؟

هزَّ كتفيه، قائلًا:

- لم يكن هناك حل آخر.. كشفك الأمر يفسد كل شيء.

أجابة (حلمي) في عصبية:

- كان من المستحيل أن أنسى عينيك.. صحيح أنني رأيتهما مرة واحدة فقط، وللحظات معدودة، عندما سقط المنظار في حجرة الاستجواب بالقسم، ولكنهما انحفرا في ذاكرتي، وأصبح نسيانهما مستحيلًا.

قال (ممدوح) في برود:

- أعتقد أنك ستندم على هذا.
أدرك (حلمي) ما يعنيه هذا، ولكن فضوله الصحفي هزم خوفه، وجعله يسأل:
- ولكن كيف تفعل هذا؟
ابتسم (ممدوح) في سخرية، وهو يقول :
- لن يمكنك فهم هذا.
استفزَّت العبارة (حلمي)، فقال:
- الأمر يتم بمساعدة تلك الفجوة، بيننا وبين البُعد الخامس.. أليس كذلك؟
انعقد حاجبا (ممدوح) في شدة، ثم لم يلبث أن رفعهما، وعاد يخفضهما، قبل أن يقول في شيء من العصبية:
- يبدو أن الدكتور (جمعة) أخبرك بالكثير، قبل أن ألقيه من نافذة حجرتك.
قال (حلمي) في سرعة:
- أكثر مما تتصوَّر.
لم يكد ينطقها، حتى شعر بالندم، وخاصة مع تلك النظرة الغاضبة، المفعمة بالتوتر والمقت، التي أطلّت من عيني (ممدوح)، قبل أن يقول:
- هكذا؟!
وتراجع خطوتين، ليجلس فوق مقعد صغير، وهو يتابع:
- الحقيقة أنه لم يكن يتوقع هذا.. كانت كل الأبحاث التي تجريها تتحرَّك في اتجاه واحد محدود، ألا وهو الاتصالات الفضائية بعيدة المدى، وعندما نجح في تكوين وبث تلك الذبذبة الخاصة، التي توصَّل إليها، كانت المفاجأة مذهلة.
قال (حلمي) :
- فجوة البُعد الخامس.

ابتسم (ممدوح)، وقال:
- بل البُعد الخامس نفسه.. المدى الذي يمكن أن تتحرَّك فيه المادة، وهي في حالة أشبه بالطاقة.. الطاقة المادية، أو مادة اللامادة.. كشف جديد مذهل، لم يخطر ببال أعظم عباقرة الفيزياء في الدنيا.. العالم الخفي، المحيط بالعالم الذي نحيا فيه، ويتخلَّله، ويتغلغل في أعماقه..
وتوقف ليلتقط نفسًا عميقًا، قبل أن يتابع:
- ولم يصدّق الدكتور (جمعة) نفسه.. لقد توصَّل إلى كشف القرن.. إلى الذبذبة الكافية لتغيير وجه العالم أجمع بضربة واحدة.
وبرقت عيناه، وهو يستطرد :
- إلى أعظم سلاح حربي في التاريخ.
قال (حلمي):
- مستحيل!.. الدكتور (جمعة) كان رجلًا محبًا للسلام، ويكره الحروب والقتل والدمار.
رفع (ممدوح) سبَّابته أمام وجهه، وقال:
- وهذا أكبر عيوبه.. كان يتصور أن نتائج الأبحاث لابد أن تقتصر على الأغراض السلمية، على الرغم من أن الأغراض الحربية هي وحدها التي تحقق المجد والثراء،، سلاح حربي جديد واحد، يكفي لتحويل مبتكره من شحاذ إلى ملياردير، في غمضة عين.
قال (حلمي) في ازدراء :
- ألهذا فعلت ما فعلت؟ !
لوَّح بكفه، وقال:
- يمكنك أن تقول: إنني الرابح الوحيد في اللعبة كلها، ومنذ البداية؛ فالدول العظمى تتابع دائمًا الموهوبين والعباقرة، من أبناء الدول الأخرى، وعندما لاحظ

المسئولون في أكبر دولة، أن الدكتور (جمعة) يتقدم بأبحاثه إلى مدى بعيد، قرَّروا التجسّس على أبحاثه، ومتابعتها أولًا فأولا.. ولم يكن من الممكن أن يحدث هذا، إلا عن طريق شخص وثيق الصلة به، وبأبحاثه ودراساته.

قال (حلمي) :

- وأفضل شخص في هذا المضمار، هو أنت.. أليس كذلك؟

ابتسم قائلًا:

- بالطبع.. مَن أفضل من المساعد الوحيد للدكتور (جمعة)..

لقد جندوني للعمل معهم، مقابل راتب ضخم، وكان هذا يكفيني، حتى توصَّل الدكتور (جمعة) إلى ذلك الكشف المذهل.. عندئذ أدركت أنني أمام فرصة العمر، فإما أن أحسن استغلالها، أو أصبح أغبى رجل على وجه الأرض.

قال (حلمي) في سخرية :

- وهكذا أصبحت أكثر رجال العالم شرًا.

هزَّ (ممدوح) كتفيه، وقال:

- هذا يتوقف على الزاوية التي تنتظر منها إلى الأمور.. ولكن من موقعي أنا، وجدت أمامي فجوة مدهشة، للعبور إلى عالم القوة.. فبواسطة زي خاص، صنعه أيضًا الدكتور (جمعة)، يمكنني استخدام جهاز الذبذبة الخاصة، للعبور من الحالة المادية إلى حالة شبه الطاقة.. فتنهار أمامي كل الموانع والعقبات.. أجتاز أكثر الحواجز قوة، وأشدها متانة، كما يخترق خنجر حاد جدارًا من الماء.. ويمكنني أن أختفي تمامًا، أو أتجسَّد، أو أضع نفسي في

أية درجة بين الحالتين.. إنها قوة خرافية، ونشوة لا يشعر بها إلا من اختبرها وذاقها.
ثم انقلبت سحنته، وهو يستطرد:
- ولكن كانت أمامي عقبة واحدة، للإنفراد بهذه القوة.. الدكتور (جمعة) نفسه.
قال (حلمي):
- ولهذا قتلته.
هزَّ كتفيه، قائلًا:
- لم يكن هناك حل بديل.. لقد أجريت اتصالًا مع هؤلاء المسئولين، في الدولة العظمى، وأبلغتهم ما لدي، وعرضوا على مليارًا من الدولارات؛ ليحصلوا على المعادلات والاختراع، ولكنني رفضت، وشرحت لهم أن أحدًا غيري لن يتمتع بهذه القوة قط، وخاصة بعد أن دمرت كل المعادلات، ونتائج الأبحاث، وقتلت الدكتور (جمعة).
وبرقت عيناه على نحو جنوني، وهو يضيف:
- أنا صاحب القوة المطلقة.. أنا (سوبرمان) العصر الحديث، والكل يطلب خدماتي، ويدفع الملايين مقابلها.
أدرك (حلمي) أن هذه القوة قد أصابت الشاب بالغرور، وبشيء من الجنون، فقال محاولًا إنقاذ نفسه من براثنه:
- فاتك أمر بالغ الأهمية.. إنني لم آت إلى منزلك سرًا.. العقيد (علي) أيضًا يعرف أنني هنا، و...
قاطعته ضحكة عالية ساخرة، أطلقها (ممدوح)، قبل أن يقول:
- لا تعتمد كثيرًا على هذا، فلسنا في منزلي.. لقد أفقدتك الوعي، ونقلتك إلى هذه الفيلا المنعزلة، التي ابتعتها بثمن أوَّل عملية سأقوم بها، عبر البُعد الخامس.. أما منزلي،

فقد قلبت محتوياته، وبعثرتها، بحيث سيتصوَّر زميل كفاحك أنني وأنت قد تعرَّضنا لهجوم مدّمر، وسيكون من السهل بعدها تبرير مصرعك.
وارتسمت على شفتيه ابتسامة مخيفة، وهو يستدرك:
- أو بمعنى أدق.. اختفائك التام.
سأله (حلمي) في توتر:
- ماذا تعني؟!
أجابه وهو يشير إلى دولاب جانبي:
- أعني أنك ستتذوَّق قوة العبور إلى البُعد الخامس.. ولكن لمرة واحدة وأخيرة.
ونهض يفتح الدولاب، الذي بدا داخله ذلك الزى الأسود المخيف، فجذب منه الشيء الشبيه بأسطوانات الغوص، وهو يقول:
- هذا هو جهاز الانتقال.. جذبة صغيرة لتلك الذراع الدقيقة، ويغوص جسدك في البُعد الخامس، أو يعود منه.. ولكن ماذا لو ذهب دون أن يعود؟
سرت قشعريرة باردة في جسد (حلمي)، وقد أدرك ما يعنيه (ممدوح)، الذي تابع، وهو يلوح بيده اليسرى في الهواء، ويحمل جهاز الانتقال باليمنى، متوجهًا به إليه:
- سيتبعثر جسدك في الفراغ، ويبقي إلى الأبد ضائعًا، لا هو بالمادة، ولا بالطاقة.. إنه أبشع ضياع في الكون، لأنك ستشعر، وتتألم، وتخاف، ولكن دون أن تملك وسيلة للعودة.
ووضع الجهاز إلى جوار (حلمي)، مضيفًا في شراسة عجيبة:
- هيا.. قل وداعًا لهذا العالم..
ولكن (حلمي) لم يكن مستعدًا للموت..

ولا للاستسلام..
وبكل ما يملأ عروقه من خوف، وغضـــب، ورغبة في البقاء، دفع قدميه في صدر (ممدوح)، وهو يهتف:
- لا.. ليس الآن.
كانت الضـربة من القوة، حتى أنها ألقت (ممدوح) بعيدًا، ولكنه كان من الصلابة، بحيث استعاد سيطرته على نفسه في سرعة، وصاح في غضب:
- أيها الحقير.. لن تفلت مني أبدًا.
واختطف خنجره، وهوى به على (حلمي)، الذي تراجع بســرعة، ورفع قدميه في حركة آلية غريزية ليصـــدّ الهجوم..
وكان هذا من حسن حظه..
لقد أصـــاب الخنجر قيود قدميه، فمزَّقها، مع جزء من ســرواله، وجرح كاحله، فصـــاح (ممدوح) في غضــب، وهو ينقض عليه مرة أخرى:
- لن يواتيك الحظ إلى الأبد.
ولكن (حلمي) انطلق يعدو من أمامه هذه المرة، واتجه مباشـرة نحو النافذة نصـف المفتوحة، ووثب يرتطم بها، ويحطمها، ويقفز عبرها، و...
وكانت المفاجأة..!!
إنه لم يكن داخل الطابق الأرضـي، كما كان يتوقع، وإنما في الطابق العلوي..
ومن ارتفـاع أربعـة أمتـار، ســقط (حلمي)، وارتطم بالأرض، وتدحرج. فوقها في عنف، ثم هبَّ واقفًا على قـدميـه، وانطلق يعدو مبتعدًا، بكل مـا يملـك من قوة، متجاهلًا كل الخدوش والسـحجات والكدمات، التي ملأت جسده، ومن خلفه (ممدوح) يصرخ:

- لن تذهب بعيدًا.. سأظفر بك حتمًا..
وكان (ممدوح) يعلم أنه على حق، فمع رجل يتنقل بين الأبعاد.. أين يمكنك أن تختبئ؟!
ودون أن يغرق في هذه الفكرة، ظلّ (حلمي) يعدو ويعدو، وهو يجهل حتى إلى أين تقوده قدماه، حتى لاح له الطريق الأسفلتي من بعيد، وبلغه بسرعة، ورأى السيارات تقطعه جيئة وذهابًا، فصرخ مستنجدًا.
- النجدة.. النجدة..
ومن بين السيارات المنطلقة بأقصى سرعتها، توقفت إلى جواره سيارة صغيرة، حدَّق فيه صاحبها بدهشة، قبل أن يهتف:
- من فعل بك هذا؟
أجابه (حلمي) في سرعة:
- بعض اللصوص هاجموني، وقيَّدوني، وحاولوا قتلي، ولكنني هربت منهم.. أنا صحفي في جريدة (الأهرام).. أنقذني.. أرجوك.
عاونه صاحب السيارة بسرعة على الركوب، وانطلق بها مبتعدًا، وهو يقول:
- من الواضح أن الصحافة هي مهنة المتاعب، ولكننا نكن لها كل الاحترام.. اكتب هذا عن لساني، في التحقيق الذي ستصف فيه ما حدث لك.
قال (حلمي):
- بالطبع.. اذكر لي اسمك وعنوانك، وأعطني صورتك.
ارتسمت ابتسامة واسعة على شفتي الرجل، وهو يقول :
- وهل ستذكر أنني أنقذتك؟
قال في ضجر :
- بالتأكيد، وسأسبق اسمك بلقب (البطل).

ظلّ الحديث يدور على هذا المنوال، حتى قال (حلمي) في توتر:

- قل لي: أليس من الأفضل أن تحلّ قيودي أولًا؟

أوقف الرجل السيارة على جانب الطريق على الفور، وهو يقول:

- بالطبع.. كيف نسيت هذا؟

وحلَّ قيود (حلمي)، ثم سأله مبتسمًا:

- والآن، أين ستذهب بالضبط؟

وكان هذا هو السؤال ذاته، الذي طرحه (حلمي) على نفسه، منذ دقائق معدودة..

أين يذهب بالضبط؟..!

ودون وعي، وجد نفسه بجيب :

- إلى الجريدة.

انطلق الرجل بالسيارة، حتى توقف في شارع (الجلاء)، أمام مبنى (الأهرام)، وقال:

- لاتنس ذكر الاسم كاملًا.

لوَّح له (حلمي) بكفه، هاتفًا :

- بالطبع.. بالطبع.

وأسرع يدلف إلى المبنى، واستقلّ المصعد إلى مكتبه، ولم يكد حارس المكتب يراه، حتى هتف في دهشة:

- أستاذ (حلمي)؟!.. ما الذي أتى بك في هذه الساعة؟!.. إنها الثانية صباحًا تقريبًا؟!.. ثم من فعل بك هذا؟

لوَّح (حلمي) بكفه، قائلًا :

- أعفني من أسئلتك يا (مصطفى).. أرجوك..

ودخل إلى حجرة المكتب، وألقى جسده فوق مقعده، وهو يغمغم:

- لقد نالني ما يكفيني.

اعتمد بمرفقية على سـطح المكتب، وأسـند وجهه على راحتيه، واعتدل بجسده كله، و..

وارتطمت قدمه بجسم صغير..

وانحنى (حلمي) يلتقط ذلك الجسم الصغير، ويتطلَّع إليه في دهشة..

كان ذلك النظارات الطبية، التي كان يرتديها الدكتور (جمعة)، عندما أتي لزيارته..

وفي حيرة، تمتم (حلمي) :

- عجبًا!.. كيف نسيها الجميع هنا؟

ورفعه ليلقي نظرة عليها، قبل أن يضعه في درج مكتبه، ولكن لم تكد عدستا المنظار تقعان في مستوى نظره، حتى أطلق صيحة دهشة قوية..

لقد كان ما يراه، عبر عدستي المنظار مذهلًا..

مذهلًا بحق.

☆☆☆

العالم الآخر..

نفث (علي) دخان سيجارته في عصبية، وهو يجلس في حجرته بقسم الشرطة، ويقول لأحد زملائه في توتر:

- ما من أدنى أثر.. الشـــقة مفتوحة، ومحتوياتها مبعثرة، ولا يوجد أدنى أثر لصاحبها، أو للصحفي.

سأله زميله:

- لماذا تبدو شديد الاهتمام بأمر هذا الصحفي؟.. نصفنا هنا يؤكد أنه قاتل الدكتور (جمعة)، فكيف خانتك فراستك الشهيرة هذه المرة؟

أجابه (علي) في حدة :

- إنه ليس القاتل، والأمر لا يحتاج إلى الفراسة.

سأله زميله في حيرة :

- لماذا تبدو واثقًا هكذا؟

أجابه في عنف :

- لأنني رأيت بنفسي.

تطلَّع إليه زميله في تساؤل، وقال :

- رأيت ماذا؟

صـــمت (علي) طويلًا، وهو معقود الحاجبين، شـــارد البصر، قبل أن يقول:

- رأيت ما يكفي.

همّ زميله بإلقاء سـؤال آخر، عندما ارتفع فجأة رنين الهاتف، فانقضّ عليه العقيد (علي)، وانتزع سمَّاعته في لهفة، وهو يقول:

- هنا العقيد (علي عبد المنعم).. من المتحدّث؟

وكاد يقفز من مقعده، عندما أتاه صوت (حلمي)، قائلًا :

- إنه أنا.. (حلمي).

هتف (علي) :

- أين أنت؟.. إنني أبحث عنك منذ ذهبت إلى شـــقة (ممدوح) هذا .

أجابه (حلمي) في سرعة:

- (ممدوح) هو القاتل.. لقد حاول خداعك ببعثرة محتويات شقته.. إنه القاتل الذي يتنقل في البُعد الخامس للمادة.

ثم استطرد في لهفة:

- ولكن هناك أمر آخر بالغ الخطورة، ينبغي أن تعرفه.. لقي عثرت في مكتبي هنا على منظار الدكتور (جمعة)، وهو ليس منظارًا عاديًا.. إنني لم أكد أضعه على عيني، حتى رأيت أمامي عالمًا آخر.. هذا المنظار يفتح أمامك باب البُعد الخامس.. إنه الوسيلة الوحيدة لرؤية ذلك القاتل عندما يختفي.

سأله (علي):

- ومن أين تتحدَّث؟

أتاه صوته، قائلًا:

- من مكتبي بالجريدة.. إنني أحتفظ بالمنظار هنا، في درج مغلق.. حاول أن تأتي، وسأريك عبره ما يذهلك.

قال (علي) في حماس :

- هل تعتقد أنه سيساعدنا في الإيقاع بالقاتل؟

هتف (حلمي):

- بالتأكيد.. و(ممدوح) يجهل أننا نمتلكه، مما يمنحنا فرصة نادرة، في التعامل معه، والـ...

بتر عبارته فجأة، ليهتف في ارتياع :

- ها هو ذا.. ربَّاه.

ثم صدرت جلبة عنيفة، ونقلت السمَّاعة صرخات رعب، جعلت (علي) يهتف:

- (حلمي).. ماذا حدث.. ماذا حدث يا(حلمي)؟!

ثم ألقى سماعة الهاتف، واختطف مسدسه، وانطلق يعدو مغادرًا الحجرة، وزميله يقول في دهشة وقلق:
- ماذا حدث بالضبط؟!
ولكن (علي) لم يجب.
لم يكن لديه الوقت لهذا..
لقد غادر القسم كالصاروخ، وانطلق يعدو عبر الشارع، محاولًا بلوغ مبنى الجريد، قبل أن يصاب (حلمي) بمكروه..
ولكن أنفاسه راحت تتردَّد في صعوبة، وصدره يعلو ويهبط في سرعة، حتى صرخ في غضب:
- اللعنة على هذه السجائر.. لقد أفقدتنى لياقتي تمامًا.
كان يلهث في شدة، قبل أن يقطع العشرين مترًا، التي تفصل مكتبه عن مبنى الجريدة، ولم يكد يبلغ بابها، حتى ارتفعت صرخة عالية، تردَّدت في هواء المنطقة.
وصرخ (علي) :
-)حلمي!!(
ولم يستطع انتظار المصعد، فراح يصعد في درجات السلم عدوًا، حتى بلغ الطابق الرابع، وقد تقطعت أنفاسه تمامًا، وانتفض جسده في ارتياع، عندما رأى حارس الطابق جثة هامدة في الممر، ولكنه دفع نفسه دفعًا، بكل ما تبقّى في صدره من أنفاس تتردَّد، حتى بلغ حجرة (حلمي)، فدفع بابها، وهو يهتف:
- (حلمي).. أين أنت؟
وهوى قلبه بين قدميه..
لقد رأى (حلمي) ملقى في منتصف الحجرة، وسط بركة من الدماء، فاندفع نحوه، وهتف:
- مستحيل!.. مستحيل أن يكون قد فعلها معك.

رفعة بســرعة، وخفق قلبه في مرارة، عندما رأى عينيه الجامدتين، الخاليتين من بريق الحياة، فصرخ:
- لقد فعلها.. فعلها ذلك الوغد..
وردَّدت جدران الجريدة كلها صـرخاته، وكأنها تشــاركه حزنه ومرارته..
أو تؤبِّن أحد أبنائها..
الصحفي (حلمي المهدي).
سابقًا..

☆☆☆

أشرقت الشمس بعد بضع ساعات، وصعدت في بطء إلى السـماء، وتسـألت بعض خيوط أشـعتها عبر نافذة حجرة مكتب العقيد (علي)، لتسقط على وجهه الصامت الساكن الحزين، وعينية الشـاردتين المفعمتين بالمرارة، واللتين لم تتحرَّكا قيد أنملة، ما يزيد على الساعة، حتى دلف أحد زملائه إلى الحجرة، وقال في إشفاق:
- (علي).. إنك تقتل نفسك هكذا..
زفر (علي)، دون أن ينبس ببنت شفة، فتابع زميله:
- الأمر لا يسـتحق كل هذا.. إنه ليس أوَّل صـديق تفقده.. هل نسيت (نادر)؟
صمت (علي) بعض الوقت، ثم قال:
- هناك قاتل مطلق السراح.
نطقها في صرامة مخيفة، تمتزج بشيء من المقت، جعل زميله يحدِّق في وجهه لحظة بدهشـة بالغة، ثم يتنحنح متمتمًا:

- إنه ليس أوَّل القتلة، الذين يرتكبون جريمتهم، وينجحون في الفرار، ولكننا في المعتاد نوقع بهم، بعد فترات طالت أم قصرت، و...

قاطعه (علي) بنفس الصرامة الغاضبة:

- إلا هذا..

تطلَّع إليه زميله لحظات في دهشة وحيرة، ثم قال:

- كل قاتل، مهما بلغ من الدقة والحنكة والذكاء، لا بد له من الوقوع في خطأ، ولو صغير، وعندئذ..

هبّ (علي) من مقعده بغتة، وهو يقاطعه للمرة الثانية، قائلًا:

- هذا القاتل بالذات لا يمكنكم الإمساك به.. إنه يتحرَّك حيث لا تمسك به أيديكم قط.

حاول زميله أن يبتسم في ارتباك، وهو يقول:

- لماذا؟!.. أهو شبح عفريت؟

أجابه (علي) في غلظة:

- مزيج من هذا وذاك.

ارتبك زميله أكثر وأكثر، وأخرج علبة سجائره، وقدَّم إليه سيجارة، قائلًا:

- ما رأيك في تدخين سيجارة أمريكية الصنع، ومناقشة هذا الأمر في هدوء؟

هتف (علي) في حدة :

- كلا..

ثم استطرد في عصبية:

- لقد أقسمت ألا أمس سيجارة قط، ما بقى لي من العمر، ولست أدري كيف مارست هذه الحماقة لعدة سنوات.

واندفع يغادر المكان كله، وقفز في سيارته، وانطلق بها مبتعدًا، وهو يقاوم رغبة عارمة في البكاء، يغصّ بها

حلقه، وقطع شوارع (القاهرة) كلها تقريبًا، حتى وصل إلى منطقة (الأهرامات)، فأوقف سيارته، وصرخ بكل الغضب الكامن في أعماقه:

- لماذا؟

ودفن وجهة بين كفيه، مستطردًا :

- لماذا يموت بريئان، من أجل شيطان قذر كهذا؟.. لماذا؟

قالها ولاذ بالصمت طويلًا، وهو يصدر صوتًا أشبه بالنحيب، يفصح عن مكنون صدره، ثم لم يلبث أن دسّ يده في جيبه، وأخرج منظارًا طبيًا عادي المظهر، تطلّع اليه في أسى، وهو يقول:

- لقد تركه.. ترك المنظار الذي عثرت عليه يا (حلمي).. ربما لأنه يجهل وجوده بين يديك.. أو لأنه قدره.. أو قدري.

رفع المنظار، ووضعه فوق عينيه، ثم انعقد حاجباه في شدة.. لقد اختفى المشهد الطبيعي الذي أمامه، وحل محله مشهد آخر، له نفس التفاصيل، ولكن بألوان وظلال عجيبة.

كان يبدو أشبه بمشهد ملوّن، اختلّت تفاصيله، وامتزجت ألوانه على نحو عجيب..

الأهرامات الثلاثة صارت زرقاء اللون، والسماء برتقالية، والرمال خضراء، والناس الذين يتحركون في كل مكان أصبحوا مجرد ظلال حمراء داكنة...

وبسرعة، رفع (علي) المنظار عن عينيه، وهو يغمغم:

- إذن فهذه هي الوسيلة الوحيدة لرؤيتك، أيها القاتل الوغد..

ولكن أين يمكن العثور عليك.. في أية بقعة من العالم.. ربما كنت هنا الآن، تراقبني وأنا أفحص المنظار.. كلًا..

هذا مستحيل.. كنت سـأراك عبر المنظار نفسـه، لو كنت هنا.. لست أدري كيف، ولكن (حلمي) رحمه الله قال هذا، وهو يفهم مـا يقول.. هو وحده كـان يفهم هـذه الأمور المعقدة.

أعادت إليه ذكرى (حلمي) مشاعر الحزن والأسـى، فقال في مرارة:

ـ لن تذهب تضحيتك سدى يا (حلمي).. أقسم أن أنتقم لك، ولكل من أساء إليهم هذا القاتل الحقير.. ولكن أين أجده؟.. أين أجد ذلك الحقير؟

وراح يعتصر ذهنه، ويسترجع كل التفاصيل والأحداث، في محـاولـة للـعثور عـلى طرف خـيط، يقوده إلى (ممدوح) ..

وفجأة، برقت عيناه في لهفة، واعتدل في جلسته، وهتف:

ـ نعم.. هذا هو طرف الخيط، بل الخيط نفسه.. لقد عرفت أين أجد ذلك الوغد؟

وأدار محرّك السـيارة، وانطلق بها كالصـاروخ، وقلبه يخفق في عنف، ويستعد للجولة القادمة مع شيطان البُعد الخامس..

الجولة الأخيرة.

☆☆☆

في سبيل الواجب..

احتشد جيش من الصحفيين، أمام إحدى قاعات فندق من فنادق النجوم الخمسة، حملت لافتة بعنوان: "المؤتمر الاقتصادي المصري الألماني"، وبدا من الواضح أن الجميع ينتظرون المؤتمر الصحفي، الذي سينعقد بعد الجلسة الختامية للمؤتمر الاقتصادي، والذي سيلقى فيه المستشار الألماني (هيلموت كول) بيانًا حول نتائج المؤتمر، ويصاحبه في هذا رئيس الوزراء المصري..

ونشط رجال الأمن حول المكان، لحماية رئيس الوزراء والمستشار الألماني، ومراقبة كل من يقترب من قاعة المؤتمر الصحفي، أو يحوم حولها..

ووسط كل هذا، مال أحد الصحفيين على زميله، وقال:

- يبدو أننا من سعداء الحظ، الذين سمحوا لهم بالاقتراب.

ابتسم زميله، وقال:

- ليس للحظ أي شأن هنا.. أنت تعلم أننا هنا بدعوات خاصة، وبعد تحريات واسعة، واستجوابات لا حصر لها.

قال الأوَّل في حماس:

- هذا أمر طبيعي.. إنه مؤتمر بالغ الأهمية، ويقولون إن نتائجه ستؤثر إما إيجابًا أو سلبًا، في المسار الاقتصادي لـ (مصر).

سأله زميله:

- هل تعتقد أن المستشار الألماني سيلقى بيانًا لصالحنا؟

لوَّح بكفه، وقال :

- كل الدلائل تشير إلى هذا؟

ابتسم زميله، وقال في ارتياح:

- عظيم.. سـيثير هذا حفيظة عدد كبير من الدول، التي ليس من مصلحتها أن نجتاز أزمتنا الاقتصادية.

ضحك الأوَّل، وقال:

- بالتأكيد، فهذا يبعدنا عن قبضـتها، ويجعل منا قوة لا يسـتهان بها، في منطقة الشـرق الأوسـط كلها.. إنهم مستعدون لفعل أي شيء في العالم، لمنعنا من بلوغ هذا.

همَّ زميلـه بقول شـيء مـا، إلا أنـه توقف بغتـة، وعقد حاجبيه، قائلًا:

- عجبًا... هذا الرجل يبدو لي مـألوفًـا، على الرغم من مظهره.

التفت الأوَّل إلى حيث يتطلَّع زميله، ووقع بصـره على رجل متين البنيان، عريض الفك والمنكبين، يرتدي حلة عادية، ولكنها في حالة مزرية، ورباط عنق لم يبلغ نقطة انعقاده، وقد نمت لحيته، وزاغ بصـره، على نحو جعله يبدو مريبًا، فاستدارت إليه عيون الجميع، وخاصة رجال الأمن، الذي أحـاطوا بـه، وراحوا يرمقونـه في شـك، وأيديهم متحفزة، على مسدساتهم..

أما الصحفي، فقال في دهشة:

- ربَّاه.. أنا أعرفه بالفعل.. إنه ضـابط مباحث.. لقد رأيته في مبنى الجريدة، صـباح أمس، بعد انتحار ذلك العالم الفيزيائي.

هتف الثاني في دهشة:

- آه.. عرفته.. إنه العقيد (علي عبد المنعم).. ولكن لماذا يبدو في هذه الهيئة؟

ومع قوله هذا، كان رجال الأمن قد حاصـروا (علي)، واحتك به أحدهم، قائلًا في خشونة:

- ماذا تريد من هذا المكان؟

أجابه (علي) في صرامة، وهو يبرز بطاقته:

- أنا العقيد (علي عبد المنعم).. من المباحث الجنائية.

قرأ رجال الأمن بطاقته أكثر من مرة، وفحصوها، ومحصوها، ثم أعادوها إليه، وقال أحدهم:

- معذرة يا سيادة العقيد، ولكنك تعرف إجراءات الأمن هنا.

غمغم (علي):

- نعم.. أعرفها.

ثم أزاحهم عن طريقه، وأخرج من جيبه منظار الدكتور (جمعة)، وارتداه ..

ومرة أخرى، بدت له الصورة عجيبة..

كل شيء اصطبغ بدرجات اللون الوردي، فيما عدا البشر، الذين صاروا مجرّد ظلال حمراء داكنة..

ولم يرفع رجال الأمن أعينهم عن (علي).

صحيح أنهم تأكدوا من شخصيته، ولكن هيئته ونظراته، جعلتهم يتابعونه في شك حذر..

ثم ظهر المستشار الألماني، ورئيس الوزراء..

وتأهب كل رجال الأمن..

وكذلك (علي)..

كان قد جمع كل ما لديه، ليصل إلى هنا..

الكلمات التي نطقت بها (زينب) عند إصابتها..

وحديثه مع مدير الأمن..

وغريزته الخاصة، التي تمت عبر عشرين عامًا من الخبرة..

لقد استنتج أن هذا المكان، هو الهدف القادم لرجل البُعد الخامس ..

استنتج هذا، فهرع إلى المكان على الفور..

كان كل أمله - في هذه اللحظة - أن يظفر بالقاتل..
ومهما كان الثمن..
هكذا هو، منذ التحق بخدمة الشرطة..
يلبي نداء الواجب، دون التفكير في العواقب..
فقط الواجب..
وفي اهتمام وانتباه كاملين، راح يدير عينيه فيما حوله، بحثًا عن القاتل..
لم يكن يدرى حتى كيف سيراه..
ولا كيف سيتعرَّفه.
كل ما كان يثق به، هو أنه سيعرف كل شيء، فور رؤيته..
وتوترت أعصابه مع الترقَب والانتظار..
والتهبت في شدة..
وخلف منصة المؤتمر الرئيسية، كان المستشار الألماني يلقي كلمته، وإلى جواره رئيس الوزراء المصري، ولكن (علي) لم يكن يستطيع تميز الوجوه..
إنه يرى فقط ظلالًا حمراء داكنة، وسط أرضية وردية باهتة..
ولكن فجأة، اخترق الصورة ظل أزرق..
ظل رجل يرتدي ثيابًا أشبه بالغوَّاصين، ويتقدَّم نحو المنصة، التي يجلس خلفها المستشار الألماني..
وتحفزت كل عضلة في جسد (علي)، وتلاحقت أنفاسه بشدة، ثم خلع المنظار في سرعة، فوجد كل شيء أمامه عاديًا، ولا وجود لصاحب الظل الأزرق، فأعاد المنظار إلى عينيه، ورأى صاحب الظل مرة أخرى..
رآه يخترق كل ما يعترض طريقه..
الظلال الحمراء الداكنة..

والظلال الوردية..
كل شي..
وكان (علي) يعلم ما سيحدث بعد قليل..
سيتجسَّد القاتل فجأة، أمام أعين الجميع، وعلى بعد سنتيمترات من المستشار الألماني، وفي غمرة الدهشة والذهول والمفاجأة، يطعن المستشار، أو يطلق عليه النار، ثم يعود للاختفاء، ويتلاشى في البُعد الخامس، قبل أن يضيع أثر المفاجأة، أو يطلق أحد رجال الأمن رصاصة واحدة..
وعبر المنظار الخاص، أدرك (علي) أنه على حق..
لقد تحرَّك الظل الأزرق، حتى صار خلف المستشار الألماني تمامًا، ثم بدأ لونه يتحوَّل تدريجيًا إلى البنفسجي الهادئ..
ولم ينتظر (علي) إتمام التحوّل..
لقد انتزع مسدسه فجأة، ودفع من حوله جانبًا، ثم انطلق يعدو نحو المنصة..
وتراجع بعض الصحفيين في ذعر، وصرخ البعض الآخر، وانتزع رجال الأمن مسدساتهم بدورهم، وهم يلومون أنفسهم؛ لأنهم لم يتخذوا الإجراء المناسب في الوقت المناسب، ما دام الشك قد راودهم بشأنه منذ البداية..
وواصل القاتل تجسّده..
وانطلقت شهقات العديدين، وهم يشاهدون الظل الشفاف خلف المستشار الألماني، وهو يتحوَّل إلى جسد بشري، في نفس الوقت الذي يعدو فيه (علي) نحو المنصة، وهو يصوّب مسدسه إلى حيث يجلس المستشار، ورجال الأمن ينطلقون خلفه، ومسدساتهم مصوَّبة إليه..

وأطلق رجال الأمن رصاصاتهم، وشعر (علي) برصاصية تخترق ذراعه، وأخرى تغوص في ساقه، وثالثة تؤلم ظهره..

ولكنه لم يتوقف..

وفي حزم، صوَّب هو أيضًا مسدسه..

وكان (ممدوح) يرفع مسدسه، ويهم بإطلاق النار على المستشار في ظهره مباشرة..

وأطلق (علي) رصاصته..

وأطلق رجال الأمن رصاصات أخرى..

وأصابت كل الرصاصات أهدافها..

رصاصات رجال الأمن استقرَّت في كتفي (علي) وساقيه ومعدته..

ورصاصته اخترقت جبهة (ممدوح)، من منتصفها بالضبط..

وسقط الإثنان في آن واحد..

(ممدوح) و(علي)..

وتعلقت أنظار الجميع بالأول في ذهول، عندما أسقطته رصاصة الثاني، قبل أن يطلق رصاصته هو على قلب المستشار الألماني..

تعلَّقت به الأنظار؛ بسبب تلك الظاهرة المذهلة، التي واكبت مصرعه.. لقد وثب جسده إلى الخلف، وارتطم بالجدار، ثم تلاشى نصفه العلوي بسرعة مذهلة، وغاص في قلب الجدار، في حين بقي نصفه السفلي متجسدًا لحظات، خفقت خلالها كل القلوب في ذهول للمشهد الرهيب..

مشهد رجل، نصفه في عالمنا، ونصفه الآخر في البُعد الخامس..

ثم تلاشى نصفه المنظور تدريجيًا، حتى اختفى تمامًا..
وعندئذ..

عندئذ فقط، استدارت الأعين كلها إلى (علي)، وهتف
هاتف ..

- إنه ليس قاتلًا، لقد كان ينقذ المستشار الألماني.

وصاح آخر:

- ماذا تنتظرون؟!.. استدعوا سيارة إسعاف.

وقال ثالث:

- إنه بطل.. كيف يفعل به رجال الأمن هذا؟

وسمع (علي) كل هذه العبارات، وهو ينزف من جروحه
دماء الحياة، حتى آخر قطرة..

سمعها، ولم يبال بها كثيرًا..

إنه لم يكن ينتظر عبارات الإعجاب والثناء، عندما أطلق
النار على القاتل..

لقد كان يفعل نفس ما يفعله، منذ التحق بالشرطة ..

كان يؤدي واجبه..

وفي سبيل هذا الواجب، كان عليه أن يطارد القاتل،
ويظفر به، مهما كان الثمن، وحيثما كان القاتل..

حتى ولو كان في آخر الدنيا..

أو حتى في بُعد آخر..

بُعد خامس..